L'ENFANT OCÉAN

L'auteur

Après avoir enseigné l'allemand pendant quelques années, Jean-Claude Mourlevat s'est tourné vers sa passion : le théâtre. D'abord comme comédien, ensuite comme formateur, puis comme metteur en scène. Depuis peu, il se consacre aussi à l'écriture de livres pour la jeunesse, de romans pour adultes, et à la traduction.

Jean-Claude MOURLEVAT

L'enfant Océan

POCKET JEUNESSE
PKJ·

Loi n° 49-956 du 16 juillet 1949 sur les publications
destinées à la jeunesse : mars 2019.

© 1999, éditions Pocket Jeunesse, département d'Univers Poche.

ISBN 978-2-266-29396-9
Dépôt légal : mars 2019

À Emma

PREMIÈRE PARTIE

« Le plus jeune était fort délicat
et ne disait mot. »
Le Petit Poucet, Charles Perrault.

I

Récit de Nathalie Josse, trente-deux ans,
assistante sociale

Je suis une des dernières personnes qui ont vu
Yann Doutreleau vivant. Enfin je crois. Il était
posé à côté de moi dans la voiture. Je dis bien
« posé », pas assis. Ses jambes trop courtes
étaient étendues à plat sur le siège et pointaient
vers l'avant, raides comme des bâtons, les deux
pieds désignant la boîte à gants. La ceinture de
sécurité flottait autour de sa poitrine. J'aurais pu
le mettre à l'arrière dans le siège-auto mais je
n'avais pas osé. On aurait dit une grande poupée.
C'était en novembre dernier. Vous vous rappelez
cette semaine de pluie qu'on a eue au début du
mois ? Ce temps de chien ? Il tombait des cordes
et c'est moi qui l'ai ramené chez lui ce matin-là.
Je ne l'ai jamais revu depuis.

Mes essuie-glaces sont à peu près aussi efficaces que des baguettes de tambour et je roulais à trente à l'heure, pas plus, sur la départementale. Si j'avais su que c'était la dernière fois, je l'aurais regardé davantage. Trop tard.

Je le revois, calé au fond du siège, buté, à tripoter ses mains, ses drôles de petites mains rouges et rondes, ses mains de bébé. Comment pouvait-on oser habiller un enfant de la sorte, sinon pour l'humilier ? Il semblait sorti d'un autre âge, avec sa veste de costume boutonnée au milieu, son pantalon de toile grise. Des vêtements de grenier. Ma gorge se serre dès que j'y repense.

Je n'avais jamais vu un petit bonhomme de ce genre auparavant. Combien pouvait-il mesurer ? Quatre-vingts centimètres ? Quatre-vingt-dix ? En tout cas il avait à peine la taille d'un enfant de deux ans. Or il en avait dix. Yann était une miniature.

« Bout de chou », « mignon », « mimi », « trognon » : voilà ce qu'on avait envie de dire de lui, mais on en était empêché par cette expression d'adulte qu'il avait autour des yeux et de la bouche, cette gravité. Il n'avait aucune difformité comme on en voit chez les nains. Chez lui tout était harmonie, mais tout était… petit.

La pluie à verse, donc. Du vent, par rafales. La carte dépliée en vrac sur mes genoux. Ça ne pouvait plus être très loin. Quelques centaines de mètres peut-être. J'avais dû rater le chemin, passer devant sans le voir. Sous cette pluie battante, tout était possible. J'ai fait demi-tour et je me suis concentrée. C'était d'autant plus agaçant que Yann, à côté de moi, connaissait parfaitement la route, lui. Seulement, il n'était pas coopérant. Je l'avais interrogé, au début :

— C'est par là ? À droite ou à gauche ? Montre-moi, au moins, si tu ne veux pas parler… Avec ton doigt…

Autant interroger mon parapluie.

Je savais peu de choses encore de mon petit passager. Qu'il avait dix ans, qu'il s'appelait Yann et qu'il était muet. Il était arrivé dans sa classe de sixième le matin, hébété et sans cartable. On avait bien questionné ses frères mais ils n'étaient guère plus bavards. L'un d'eux avait fini par expliquer en reniflant un filet de morve de dix bons centimètres :

— C'est le père qui y'a foutu à la baille.

Traduction : le père avait jeté le cartable dans le puits, ou dans la mare, enfin quelque part où il y avait de l'eau.

J'en avais vu des gratinées dans mon métier de dingue, mais ça c'était nouveau. J'ai observé le gosse à la dérobée, les chaussures grossières dont les semelles bâillaient, le pantalon élimé, le pull-over marron qui dépassait des manches trop courtes de la veste. Ma gorge s'est serrée. J'allais tapoter son genou et lui dire « T'en fais pas, ça va aller… » quand, sur notre droite, le chemin a surgi, signalé par un petit panneau à demi caché par les ronces : Chez Perrault.

J'ai garé la voiture à l'entrée de la cour et j'ai attendu avant de descendre. La pluie tambourinait de plus belle.

— C'est là ?

Sans lever les yeux, le gosse a fait un petit mouvement de tête. C'était là.

La ferme était laide et sale. Un énorme tas de ferraille était empilé dans la cour. Les orties poussaient dedans. Un grand chien maigre jappait à l'entrée d'un hangar à la toiture délabrée.

Les Doutreleau étaient bien connus au collège. Le père avait une ferme. Yann était le septième enfant. Les six autres étaient tous des jumeaux. Cela marchait par paire. Les deux aînés avaient quatorze ans, les suivants treize, les plus jeunes onze. Chaque année ou presque, en septembre, les professeurs de la classe de sixième voyaient ainsi arriver la dernière livraison de Doutreleau. Ou de Doutreleaux avec un x, on avait envie de mettre le nom au pluriel. Tous étaient grands pour leur âge mais maigres, sans doute mal nourris. Et sans goût pour l'école.

Yann arrivait seul en dernier. Comme un point final au bout d'une phrase.

Le chien s'égosillait de plus belle sous le hangar. Une porte s'est ouverte un peu plus loin et une femme s'est campée sur le seuil. Son tablier était souillé, une poêle à frire pendait au bout de son bras.

— C'est ta maman ?

Silence. Je suis sortie de la voiture, j'ai ouvert mon parapluie et j'ai fait descendre Yann. On a pataugé ensemble dans la cour de la ferme en direction de la silhouette immobile. La boue atteignait nos chevilles.

— Bonjour, je m'appelle Nathalie Josse, je suis assistante sociale. J'aimerais…

Le chien s'était glissé derrière moi et guettait sans doute le moment le plus favorable pour bondir et m'arracher un morceau de mollet. Par réflexe, j'ai pris dans la mienne la main du gosse qui marchait à côté de moi, tête basse, et j'ai tressailli : cette main minuscule était aussi calleuse que celle d'un bûcheron, ou celle d'un ouvrier du bâtiment.

La femme sur le seuil n'avait pas l'idée de faire taire le chien, ni de s'avancer à notre rencontre. Elle ne semblait pas étonnée non plus de

13

voir son fils arriver à cette heure inhabituelle et en cette compagnie. Non. Elle nous regardait d'un œil vide, un œil de poisson, et attendait la suite.

— Vous êtes madame Doutreleau ? Je m'appelle Nathalie…

— Qu'est-ce qu'il a fait ?

Le ton était sec, lourd de menaces.

— Il n'a rien fait. Je voulais seulement…

La poêle est partie à la volée, a frôlé mon épaule et a atteint en pleine tête le chien qui est allé se réfugier derrière la maison en poussant des *kaï kaï* pitoyables.

— Qu'est-ce que vous voulez alors ?

— Eh bien, je vous ramène Yann parce qu'il est arrivé ce matin sans cartable au collège et qu'il n'avait pas l'air bien. Est-ce que je pourrais en parler avec vous ?

— Faut voir avec le père.

Malgré le parapluie, la pluie ruisselait sur nos deux têtes, elle me coulait sur le visage, me glaçait les épaules. J'ai insisté et la femme a répété :

— Faut voir avec le père.

À sa façon de ne pas bouger d'un millimètre, d'occuper toute l'entrée, et surtout à son regard si dur, j'ai compris qu'elle ne me laisserait jamais entrer. Au troisième « Faut voir avec le père », j'ai renoncé :

— Et je pourrai le voir quand ?

— Demain.

— Le matin ?

Au lieu de me répondre, elle s'est adressée au gosse, pour la première fois :

— Entre, toi !

Il a lâché ma main et s'est glissé dans le petit espace entre sa mère et la porte. Mais avant de disparaître, il a fait une chose étrange et que je n'aurais pas crue possible. Il ne s'est pas retourné, il a juste fait pivoter sa tête vers moi, s'est immobilisé et m'a regardée par-dessus son épaule. Cela n'a pas duré plus de trois secondes. Mais cette image s'est fixée dans mon esprit, s'y est inscrite avec plus de précision que n'importe quelle photographie. Depuis, je revois sans cesse ce visage enfin levé vers le mien, ces yeux plantés droit dans les miens. J'ai eu la sensation troublante d'y lire avec autant de netteté que s'il avait parlé. Et pourtant il ne disait rien, ne bougeait pas. J'y ai lu un reproche, d'abord :

— *Bravo, vous avez fait du joli travail !*

Mais tout de suite après, un remerciement :

— *Vous avez été gentille avec moi et puis vous ne pouviez pas savoir.*

J'essaie de me persuader qu'il n'y a eu que cela, mais je sais bien que c'est faux et que ces yeux disaient autre chose. Criaient autre chose. Et ce qu'ils criaient, c'était : *AU SECOURS !*

Je ne l'ai pas compris ou je n'ai pas voulu le comprendre. Je me suis dit qu'on verrait ça plus tard, que cela faisait partie des choses qu'on peut remettre au lendemain. Mais il n'y a pas eu de lendemain.

II

Récit de Marthe Doutreleau, quarante ans,
mère de Yann

Qu'est-ce qu'elle croyait, la Parisienne ? Que j'allais y offrir le thé au salon ? Qu'on allait grignoter des petits fours ? Ça se pointe sans prévenir chez les gens, ça tortille les fesses et ça vient vous faire la leçon ! Si seulement cet abruti de Corniaud y avait arraché un bifteck au mollet, mais y faisait qu'aboyer, cette jappette. J'ai fini par y envoyer la poêle sur le museau pour le faire taire. J'ai failli attraper la fille, c'est pas passé loin, dommage. « Il n'avait pas l'air bien ! » qu'elle a dit, cette morveuse. « Pas l'air bien ! » Pauv' petit chéri, va ! Ça fait dix ans qu'il a « pas l'air bien ». Y fait ça pour emmerder le monde, juste pour nous rendre la vie impossible. Qu'est-ce qu'y ont tous à le plaindre, celui-ci ? À cause que c'est un avorton ? Si y se comportait comme les autres, on le traiterait comme les autres, tout avorton qu'il est. Mais y faut qu'y frime avec ses airs de « je sais tout je dirai rien ». Il a une langue, non ? Je l'ai fait complet tout comme ses frères. Alors pourquoi qu'y s'acharne à rien dire ? Hein ? Qu'est-ce qu'y nous reproche à la fin ? Je l'ai mis au monde tout pareil que les autres. C'est ma faute s'il est arrivé tout seul ? Et gros comme un poing ? Après ses frères qui sortaient par deux et qui faisaient leurs huit bonnes livres l'unité, je me suis pas sentie le faire. C'est comme si j'avais pondu un œuf, parole !

Mais bon, on l'a gardé. Des fois qu'y servirait à des trucs qu'on pense pas, rapport à sa taille, qu'on s'est dit. Passer dans des endroits où ce que les autres passent pas. Trier des choses petites. Est-ce qu'on savait ? La nature nous avait couillonnés une fois, p'têt qu'elle allait se rattraper par la suite. Alors on a patienté. C'est pas pour ce qu'y nous coûtait à manger.

Eh ben pour déchanter, on a déchanté. Figurez-vous que monsieur veut faire le savant ! Je le comprends, d'un côté : ça fatigue pas et ça fait moins d'ampoules aux mains. Ça l'a pris à cinq ans, par là, quand on l'a envoyé à l'école, rapport aux allocations. Ses frères y allaient déjà, mais eux au moins y se mêlaient pas d'apprendre. Lui, ça y a plu, et pas qu'un peu. Et y s'est pas privé de le montrer. Manière de nous indiquer qu'on était des imbéciles, sans doute. On a supporté ça trop longtemps, son cirque, le nez dans les cahiers, l'écriture soignée en tirant la langue et compagnie. Jusqu'au jour où il a répondu à Doutreleau. C'était pour les foins. Il avait sept ou huit ans, j'sais plus, je tiens pas les comptes. De toute façon il était pas plus haut que l'année d'avant, ça j'en suis sûre. Y a des moments je me demande même si y rapetisserait pas, par hasard. Faudrait le mesurer pour voir, mais on a autre chose à tourner, figurez-vous. Bref, c'était les foins et y fallait qu'il aide à râteler derrière. C'était pas y demander la lune, non ? Eh ben, il a pas bougé ses fesses et il a montré son cahier, façon de dire : j'y vais pas, j'ai du travail. Monsieur avait mieux à faire, n'est-ce pas ?

Doutreleau, ça y a pas plu. Il a piqué un coup de sang. Il lui en a descendu une bonne en travers du nez. Que ça a saigné, même. Il a la main trop lourde, Doutreleau, je lui ai dit cent fois. Un jour y va m'en assommer un pour de bon et qui c'est qui va expliquer à la police ? Sûrement pas lui, y se planquera comme y s'est planqué quand la fille est venue. Il est pas causant, Doutreleau, quand y'a du monde y déguerpit et y me laisse toute seule pour faire la dame. Moi, j'ai la main leste. Pas lourde, leste. Ça part sec et ça punit bien. Et ça suffit à mon goût. Pas besoin de les étourdir. Mais n'empêche qu'il a plus bronché par la suite, le Yann, il a marché droit. Quand on y demandait quèque chose, y s'exécutait, et plutôt deux fois qu'une. Sauf qu'y s'est mis à nous regarder avec cet air que j'aime pas. C'est qu'y vous ferait baisser les yeux, le petit serpent. Y faut lever la main pour qu'y cède. Devant ses parents ! Ça se prend pour quoi ?

Enfin jusque-là ça allait encore. Mais voilà qu'y va au collège à présent. Et qu'y nous ramène des compliments, le monsieur ! Comment qu'y savent qu'il est soi-disant intelligent vu qu'il en sort pas une ? Y z'y ont ouvert le crâne ou quoi ? Alors lui bien sûr y se prend pour le pape, y bombe le torse et y nous regarde de haut, le rase-mottes, c'est un comble, quand même !

La fille, je l'attendais. Je savais qu'y z'allaient débarquer, elle ou quelqu'un d'autre. Vu que Doutreleau y'avait foutu le cartable à la baille, au gosse, ça pouvait pas finir autrement. Y pousse, Doutreleau, mais faut le comprendre. Quat' fois qu'on l'appelait, le gosse, pour venir manger la soupe. Et lui à la fenêtre, le nez dans son bouquin, y bougeait toujours pas. Alors v'là mon Doutreleau qui se lève d'un coup. Il a pas cogné cette fois, pas du tout, y s'est levé, calme comme s'il allait pisser, il a pris le cahier, le livre, enfin tout le barda, y'a foutu dans le cartable, tranquille comme Baptiste, sans gueuler ni rien, il est sorti, on l'a vu marcher vers le puits, on a entendu plouf, terminé. Il est revenu et il a fini sa soupe. Le gosse il a pas moufté. Il a tout laissé faire. Il a continué un moment à regarder la table, là où ce qu'y avait le livre, et que maintenant y'avait plus rien et puis il est parti se coucher tout droit, comme si rien s'était passé.

Au passage j'y ai demandé si y voulait un bout de pain vu qu'il avait pas mangé sa soupe. C'est vrai, on a beau dire, une mère reste une mère. Eh ben y m'est passé devant sans lever le nez, comme si j'avais été Corniaud qui y aurait aboyé après. Soyez bonne, tiens ! Ça m'a bien punie, allez.

III

Récit de Louis Doutreleau, père de Yann,
quarante et un ans

La Marthe, tant qu'on aura un morceau de pain
dur à tremper dans l'eau pour le faire mollir, elle
appellera ça de la soupe. Et quand y'aura plus
rien, elle ira quémander dans les bureaux, elle se
fera plaindre. Et si elle a plus droit à rien dans les
bureaux, elle ira se mettre à la sortie de la messe
le dimanche et elle tendra la main. Sans vergogne.
Elle baissera juste la tête pour pas voir les yeux
des gens. Les femmes c'est comme ça. Elles sont
comme les bêtes. Elles feraient n'importe quoi
quand leurs petits ont faim. Les dents leur poussent
comme aux louves et elles supportent tout.

Pas moi.

Je crèverai avant. Jamais je demanderai à personne, jamais. Et mes garçons non plus, y demanderont jamais rien…

IV

Récit de Fabien Doutreleau, frère de Yann,
quatorze ans

Au milieu de la nuit, j'ai senti bouger à côté de moi. C'était Yann qui se levait et ça faisait craquer le lit. C'était pas pour aller faire pipi puisqu'on n'a pas le droit la nuit. On y va tous avant de se coucher, on se met en rang d'oignons dans la cour et, quand le père regarde pas, on s'amuse à celui qui ira le plus loin. L'hiver, c'est facile à mesurer avec les traces dans la neige. Ça nous fait rigoler. Ensuite on monte et c'est fini jusqu'au lendemain matin.

Mon Yann qui se lève, donc. Je lui demande où il va et il me dit que les parents se disputent en bas, qu'il va écouter et qu'il revient tout de suite. Enfin il me fait comprendre. Parce que son truc à Yann, c'est les signes. Incroyable. Il dit pas un mot. Il fait juste les mimiques, mais ça vaut tous les commentaires. Ça va à une allure supersonique. Si on essaie de l'imiter, ça dure des heures et c'est de la bouillie. Avec lui, c'est rapide et clair comme de l'eau de roche. Il bouge presque pas, juste à peine le visage et un peu les doigts.

Longtemps j'ai cru qu'on était les seuls à pouvoir piger, je veux dire Rémy et moi, ses frères aînés, parce qu'on a l'habitude et qu'il nous aime bien. Mais c'est pas vrai. Ça marche avec n'importe qui. Il suffit qu'il décide de parler à ce n'importe qui. Seulement il se décide pas comme ça, le Yann. Il le fait quand il a confiance. Point final. Par exemple, il a jamais rien dit au père ni à la mère. Il les regarde même pas. Dans les frères, c'est à moi et à Rémy, les plus grands, qu'il parle le plus. Peut-être parce qu'on est dans le même lit depuis dix ans. Il y en a trois, de lits, dans la pièce du haut. Un pour les deux petits, le plus près de l'escalier, un pour les deux moyens au milieu de la pièce et un pour Rémy et moi, tout au fond, sous la fenêtre. Chez nous, à mesure que tu grandis, ça te pousse vers la fenêtre et ça t'éloigne de l'escalier et des parents qui dorment en bas. C'est pas plus mal, d'ailleurs : ça éloigne des taloches par la même occasion. Quand Yann est arrivé, comme il était pas gros, ils l'ont ajouté dans notre lit. Et il y est resté. Ça s'est fait comme ça. Quand il était bébé, c'est nous qu'on s'en occupait, la nuit. La mère montait pas. Quand il braillait de trop à cause des dents, on faisait fondre un sucre dans un peu d'eau, on y trempait le petit doigt et on lui faisait sucer. Les parents l'ont pris en grippe. On sait pas pourquoi. Parce qu'il est pas pareil peut-être. Ou bien parce qu'il travaille pas et qu'il mange quand même. Ils poussent. Un morceau de pain et une demi-pomme de terre et il est plein à ras bord, le Yann. Un moineau mange davantage. Et puis ils en ont peur, je crois. Il avait pas quatre ans qu'il leur faisait baisser les yeux rien qu'en les regardant. La mère supporte pas ça, elle lui file des beignes. Alors il les regarde plus du tout et l'affaire est réglée. Yann, il fait la différence entre Rémy et moi. C'est la seule personne qui nous distingue. Il se trompe jamais. De loin, de près, de face, de dos, la nuit, le jour, tout ce que vous voulez, pour Yann : Rémy c'est Rémy, et moi c'est moi. On a beau se ressembler comme un œuf et un œuf, il se trompe jamais. Des fois je me dis qu'il est bizarre. Pas à cause de sa petite taille, ça tout le monde le voit. Non, à cause de sa façon de se faire comprendre si vite et si bien. Parfois il me dit quelque chose de compliqué et je me rends compte seulement après qu'il a même pas bougé un cil. Il m'a juste regardé. Il y en a à qui ça ferait peur. Pas moi.

Bon, j'en reviens à cette fameuse nuit. Au bout de cinq minutes pas plus, je m'étais presque rendormi, voilà mon Yann qui revient et qui me tire la manche du pull-over (on dort avec parce qu'il fait pas chaud). J'ouvre les yeux et je le trouve piqué là, juste devant mon nez. C'est la première fois que je le voyais paniqué comme ça. Alors, comme il est plutôt calme d'habitude, j'ai su tout de suite que c'était grave. Son visage s'est mis en mouvement, et ses petites mains, dans la lueur de la bougie. Et plus il me parlait, plus c'est moi qui l'avais, la panique.

— *Il faut partir, Fabien* — qu'il me dit — *Tous ! Vite ! Avant le matin !*

J'allais demander pourquoi mais j'ai eu peur de poser la question. Enfin, peur d'entendre la réponse plutôt. Terriblement peur. Et puis je crois que je savais déjà. J'ai seulement pu bredouiller :

— Mais Yann… il pleut à verse… il fait nuit noire…

— *Justement* — qu'il me dit — *la pluie bat tellement fort, ils nous entendront pas sortir, il faut pas attendre, il faut se dépêcher et partir. Vite. Parce qu'ils veulent nous… ils vont nous…*

Il voulait pas dire le mot. Le mot, c'était *tuer*, bien sûr. Mais il arrivait pas à le cracher, ou bien il voulait pas. Il a fini par dire :

— *…ils nous veulent du mal…tu comprends ça ?*

Quand je pense qu'il avait dix ans et moi quatorze, on aurait pu penser le contraire. Il faisait son possible pour me ménager. Je me suis quand même mis à pleurer. L'idée de fuir dans la nuit noire et sous la pluie battante avec mes frères me semblait trop terrible. Alors Yann a fait quelque chose de très doux et de très tendre. Il m'a caressé la tête et les joues avec ses deux menottes :

— *Ne crains rien* — ça voulait dire — *je m'occuperai de vous tous. Ne perds pas courage.*

Je me suis levé, je me suis habillé et, tous les deux, on est allés réveiller nos frères. On passait de l'un à l'autre. Dès qu'ils ouvraient l'œil, je leur expliquais ce que je savais et ce qu'il fallait faire. Si j'avais été seul, ils m'auraient pas cru, mais avec Yann c'était plus facile.

— D'accord, d'accord… je viens — qu'ils ont tous dit les uns après les autres.

C'est cette nuit-là que Yann est devenu notre petit chef. Ça s'est fait tout seul.

On s'est habillés le plus chaudement qu'on a pu, et on est descendus. Les marches de l'escalier craquaient méchamment mais la pluie crépitait si fort et le vent soufflait tant que les parents ont rien entendu. L'horloge dans la cuisine marquait tout juste deux heures.

On a traversé la cour. Corniaud a pas bronché. Une fois dehors, on a marché droit devant nous sur le chemin, puis sur la route. En quelques secondes on était trempés, glacés... et perdus.

Yann marchait devant. Je le suivais de près avec Rémy. Nos frères venaient derrière, se tenant par la main. Les deux petits pleurnichaient.

Récit de Daniel Sanz, quarante-huit ans, chauffeur routier

Toute une tripotée de gosses. D'un seul coup dans mes phares. Et qui lèvent les bras en l'air :

— Arrêtez-vous ! Arrêtez-vous !

Vous les auriez vus, tous la bouche grande ouverte. Pas la peine de savoir lire sur les lèvres comme les sourds-muets. C'était clair, ce qu'ils voulaient : monter dans mon camion.

J'ai pas eu à freiner beaucoup. La route est mauvaise à cet endroit, alors là avec la pluie c'était le pompon. C'était à la sortie d'un virage serré, en plus. Bref, j'étais presque déjà à l'arrêt. Bon. J'ouvre la portière passager et les voilà qui grimpent. J'en compte un, deux, trois, quatre. Tous trempés comme des soupes, à dégouliner de partout. Et deux de plus ! Et allez ! Et ça se ressemble

31

tout. Et ça grelotte que les mâchoires en claquent. Je crois que c'est fini et je crie au dernier :

— Ferme bien !

Mais je t'en fiche, il se retourne, descend sur le marchepied, il tend les bras et se redresse avec quoi dans les mains, je vous le donne en mille, un bébé !

Alors là, scié que je suis ! Scié !

— Où vous allez comme ça ?

Pas de réponse. Le plus grand s'assoit à côté de moi et fait un vague signe comme quoi ils vont « là-bas devant ». Moi, j'éclate de rire.

— Où c'est que vous habitez ?

Là-bas devant aussi ! C'était tout « là-bas devant » avec eux ! Bon, on verra ça, je me suis dit. Dans la couchette j'ai des couvertures. Je tends le bras et j'en tire deux.

— Mettez-vous ça sur le dos !

Et les voilà qui se déloquent à moitié. Ça quitte les pull-overs, les chemises et ça s'enroule dans les couvertures. Le chantier dans la cabine ! On aurait dit une nichée de chiots dans leur panier. Alors j'ai dit :

— Les plus petits ont qu'à passer dans la couchette.

Aussitôt dit, aussitôt fait. Ça se grimpe tout les uns sur les autres. Ça se piétine. Sans rigoler, tout ça. Ça m'a frappé, ce détail. Parce que des mômes qui grimpent dans ma couchette à quatre pattes, ça doit rigoler normalement, non ? Se cha-mailler. Eh ben, eux non. Enfin au bout d'un mo-ment, il reste plus que les deux grands devant, avec le petit entre eux. Je demande :

— Quel âge qu'il a le petit ?

Pas de réponse.

— D'où c'est que vous venez comme ça ? Vous vous êtes sauvés ?

Silence. Alors là je me suis dit : mes lascars, votre affaire est pas bien claire.

Ma première idée, c'était de les déposer tous à la gendarmerie du patelin. Seulement je savais pas où ce qu'elle était, cette fichue gendarmerie, et puis ça m'obligeait à faire demi-tour. Vous avez déjà fait demi-tour avec un trente-cinq tonnes, vous qui causez si bien ? Alors j'ai dit : allez, va pour Périgueux. Y a soixante bornes, une heure de route à tout casser, tu les déposes là-bas. J'ai eu tort, je le sais maintenant, mais c'est facile à dire après. Y'a que ceux qui font rien qui se trompent pas.

Le temps que je réfléchisse à tout ça, que je pèse le pour et le contre, figurez-vous que ça s'était tout endormi d'un coup, hop là. La vie est bizarre, me dites pas le contraire. Un quart d'heure avant j'étais tout seul dans mon bahut à écouter RTL et voilà que d'un coup on était huit là-dedans. Sept qui dormaient et un qui rigolait : moi. Et le plus drôle, c'est qu'avant de les faire monter, j'étais justement en train de penser à mes gosses, à mes gosses à moi. Enfin à ceux que j'ai pas, vu que Catherine et moi on peut pas en avoir. Ça me travaille, parce que je les adore, moi, les gosses. On en aurait rien qu'un, y'aurait pas plus heureux que nous. Parfois, je me vois en train de le cajoler, de lui dire des mimis et tout ça. Et quand je me rends compte que je parle tout seul dans mon camion, ça me rend triste.

Et ceux-là qui me tombent du ciel, comme ça, en pleine nuit, comme des chats perdus. « Pauv' gosses », je me suis dit et j'ai pas pu m'empêcher d'avoir un peu pitié. Faut dire qu'ils étaient drôlement fagotés. Les fringues, c'était pas du Chevignon, je vous le garantis.

Un peu avant Périgueux, il y a un patelin avec la gendarmerie juste au bord de la nationale. On peut pas la rater. Je me gare sur le parking pas loin, j'arrête pas le moteur, je descends sans claquer la portière. Je jette un dernier coup d'œil aux gosses et je marche jusqu'au bâtiment. Je vous jure qu'ils dormaient tous comme des souches quand je les ai laissés, ou alors c'était drôlement bien imité, bouche ouverte et compagnie. Bref, j'arrive à la porte de la gendarmerie. Je sonne une fois, deux fois. Ça s'allume à l'étage et au bout de trente secondes un gendarme en pyjama ouvre la fenêtre et me demande ce que je veux. Je lui explique sans trop pousser la voix que j'ai dans mon bahut une portée de drôles de petits chatons et qu'il ferait bien de jeter un coup d'œil. Il me dit qu'il arrive. Je me grille une cigarette en l'attendant. La pluie s'était calmée. Il finit par se pointer et on s'avance tous les deux vers le camion.

Bon, le suspense est pas bien grand, hein ? Facile à deviner. Quand j'ai ouvert la portière pour montrer ma capture au gendarme, j'ai eu l'air finaud : il y avait plus personne à bord. Plus personne, je vous dis. Envolés. Tous ! Fftt ! Et pas la trace d'une chaussette oubliée, rien. Juste les deux couvertures en boule sur le siège passager.

On a inspecté les parages avec ma torche électrique. Que dalle. Alors j'ai arrêté le moteur et je suis allé faire ma déposition. Quand je suis reparti, il était pas loin de trois heures et demie du matin. D'où est-ce qu'ils sortaient, ces mômes, où ils allaient, mystère et boule de gomme. À se demander s'ils existaient vraiment, si j'avais pas rêvé. J'ai repris la route, et au bout d'un moment, à tout hasard, j'ai dit comme ça, pour moi-même : « Bonne chance, les gars », à voix haute, et j'ai essayé de penser à autre chose.

VI

Récit de Rémy Doutreleau, quatorze ans, frère de Yann

On a quitté nos habits mouillés et on s'est entortillés dans les couvertures. Yann s'est blotti entre Fabien et moi, il a fermé les yeux mais je le connais bien et j'ai su qu'il dormait pas. Les petits se sont entassés dans la couchette derrière nous. Le chauffeur a posé quelques questions au début : où on allait, d'où on venait, tout ça. J'ai montré devant, dans le vague. Il a eu l'air de s'en contenter. En tout cas il a plus rien demandé.

Il faisait tiède. Le moteur tournait bien rond, bien chaud. La route défilait dans les phares, très noire sous la pluie, les arbres sans feuilles tendaient leurs doigts tout maigres vers le ciel, parfois on traversait un village endormi, puis une plaine. J'aurais voulu rester toujours dans ce camion. Qu'il roule sans jamais s'arrêter, jusqu'au bout de la nuit, jusqu'à l'Océan. Parce qu'il roulait vers l'ouest, ça j'en étais sûr. Vers ce pays que Yann nous avait montré de son doigt, une nuit d'été, par la petite fenêtre de notre chambre. Il avait dit :

— *Là-bas c'est l'Ouest. Le ciel est plus grand qu'ici, et puis il y a l'Océan.*

L'Océan… On s'était demandé où il avait pêché ça, vu qu'il avait à peine quatre ans à l'époque et que personne avait pu lui dire. Mais bon, on s'étonnait déjà plus de rien avec lui. En tout cas, on l'avait cru sans hésiter et depuis, chaque fois qu'on regardait par cette fenêtre, on voyait plus le pré du père Colle avec ses pommiers, ni la clôture ni la mare. On se crevait les yeux sur la ligne grise de l'horizon et on voyait le ciel s'agrandir, on voyait l'Océan. On l'entendait même, avec ses énormes vagues qui brassaient le sable de la plage, *vraoutch*…

C'est pour ça. Ce camion qui nous emportait dans cette nuit magique, ce camion roulait vers l'ouest, c'était sûr. Pour mieux en profiter, j'ai lutté contre le sommeil. J'imaginais que cet homme tranquille, là, à côté de moi, c'était notre père. Et que la jolie femme de la photo, sur le tableau de bord, c'était notre mère.

— Allez, les gars, je vous emmène faire un petit tour — il aurait dit.

Elle aurait drôlement râlé :

— Et l'école demain ?

Mais nous, on aurait crié et supplié, les sept ensemble, jusqu'à ce qu'elle cède. Et maintenant on serait là dans le camion, avec lui. Ils dormiraient tous. Sauf moi. Parce que l'aîné s'endort pas comme un bébé. Il doit veiller pour tenir compagnie à son père.

— Ça va, mon grand ? Tu dors pas ?

— Ça va — j'aurais répondu, et j'aurais été très fier.

Parce que des pères comme ça, qui traversent la nuit dans leurs camions géants, tout seuls, sans peur, tandis que tout le monde dort au chaud, moi je dis qu'on peut être fier d'être leur garçon.

J'imaginais de mon mieux, mais ce genre de truc, ça dure jamais longtemps. Le type à côté de moi, c'était pas notre père. Notre père, il a pas de camion, il a juste un tracteur et une vieille voiture qui démarre pas en hiver. Il donne des coups de pied dedans avec ses bottes sales et il gueule si fort que ça nous fait peur.

Qu'allait-il se passer quand il nous remettrait la main dessus ? Je me suis tourné vers Yann pour qu'il me redonne un peu de courage, mais c'est le regard de Fabien que j'ai rencontré. Il m'a souri. Ça voulait dire : on est bien, non ?

Je lui ai rendu le sourire avec une petite grimace en supplément. Ça voulait dire : on est bien, oui, mais jusqu'à quand ? Puis j'ai fermé les yeux et je me suis endormi.

— *On descend tous ! Vite ! Vite !*

Yann nous secouait de toutes ses forces, nous tapait de ses petites mains et il rassemblait nos habits. Le camion était à l'arrêt mais le moteur tournait. J'ai vu le chauffeur qui marchait vers un bâtiment : Gendarmerie. En moins d'une minute on était tous dehors, à moitié nus, nos chaussures serrées contre le ventre. On a cavalé vers le fossé et on l'a franchi comme on a pu.

— *Courez ! Courez !*

On a couru. À toutes jambes et tout droit. C'était plat et doux sous les pieds, un terrain de foot sans doute. Seulement ça glissait drôlement. C'est un des deux petits, Max je crois, qui est tombé d'abord. Une gamelle de première catégorie. Les pieds lui sont montés à hauteur de la tête. Puis c'est son jumeau, Victor, qui s'est pris une pelle. Tous les cinq mètres on valdinguait, à tour de rôle. Je crois qu'on le faisait un peu exprès à la fin. C'est vrai, une fois que le mal est fait, trempé pour trempé, crotté pour crotté, autant y aller carrément. C'est ce qu'on s'est dit. Il paraît que des gens paient pour prendre des bains de boue. De la boue tiède, je pense. Celle-ci était glacée. Mais c'était gratuit... Quand on est arrivés au bout du stade, il manquait Yann. On s'est retournés, on a attendu un peu et il a fini par apparaître dans la nuit. Il allait au petit trot. Il faut dire qu'il sait pas courir, Yann, il trotte, comme les bébés. On a eu un peu honte de l'avoir oublié. À quelques mètres de nous, il a glissé et s'est retrouvé sur les fesses. Ça a fait *platch* dans la boue. On n'a pas pu s'empêcher de rire. Et il a ri avec nous.

À ce moment-là, j'ai su qu'on s'en sortirait. Malgré le froid, malgré la nuit, malgré la peur, malgré tout et tout, on s'en sortirait. Je suis allé vers lui et je l'ai pris dans mes bras.

Derrière nous, il y avait des gradins de bois pour les spectateurs. C'était bien un stade. On est allés se cacher dessous. On s'est blottis dans le coin le plus sombre et, à défaut d'une meilleure idée, on s'est serrés les uns contre les autres. Peu à peu on a repris notre souffle mais, quand le calme est revenu, on s'est rendu compte qu'on claquait des dents. J'ai compris que si on restait ici, on allait tous mourir de froid.

VII

Récit de Jean-Michel Heycken,
quarante-quatre ans, écrivain

François m'avait prévenu :

— Tu veux du calme ? J'ai exactement ce qu'il te faut. Et par-dessus le marché, c'est un pavillon d'une beauté fulgurante. Il appartenait à mon arrière-grand-tante. Elle y est morte il y a six mois. Tu ne crains pas les fantômes ? Bien. Alors je te décris en gros : depuis la salle à manger, au décor un peu chargé peut-être mais que tu adoreras si tu apprécies les dominantes marron, tu jouiras d'une vue imprenable sur le stade municipal. Entraînement tous les mercredis, match un dimanche sur deux. La cuisine (merci Formica) donne sur les pavillons voisins. Tu n'es pas sujet à la dépression ? Parfait. La chambre maintenant : le papier peint représente des scènes de chasse, avec beaucoup de faisans si je me souviens bien. Il y en a aussi au plafond, d'ailleurs. Voilà. Ah oui, le téléphone est coupé et il n'y a pas de téléviseur. Si tu as des problèmes, la gendarmerie est à deux cents mètres. Excitant, non ? Et un dernier détail puisque tu persistes à ne pas vouloir prendre ta voiture : le premier cinéma est à quarante-huit kilomètres. Pour y aller tu as deux cars, je crois me rappeler que le premier passe vers six heures et demie du matin. Toujours partant ?

Bien sûr que j'étais partant. Plus que jamais. Ce pavillon perdu au fin fond de la Dordogne, c'était pour moi le paradis sur terre. Le lieu idéal où j'allais enfin pouvoir écrire. Écrire le matin, le soir, la nuit, sans être jamais dérangé. Écrire jusqu'à ce que les yeux me fassent mal, jusqu'à en être courbatu. J'ai remercié François et deux jours plus tard je sautais dans le train de Limoges avec la jubilation d'un enfant qui va découvrir la mer. Comble du bonheur, c'était au début du mois de novembre ; vous vous rappelez sûrement ces semaines de froid et de pluie qu'on a eues à l'époque. Tout le monde s'en est plaint. Sauf moi, pour la bonne raison que je n'aime pas la chaleur. Ni le soleil. Il brûle les yeux et rend futile. Et surtout il m'empêche de travailler. J'aurais dû naître en Islande, en Lettonie, dans un de ces pays où il fait nuit à seize heures, enfin j'imagine.

Bref, aussitôt arrivé dans mon petit paradis, j'ai sauté avec délice dans les pantoufles de la tante Bidule, j'ai installé mon bureau sur la table de la salle à manger et j'ai commencé à écrire.

Ça s'est passé dans la nuit du 7 au 8 novembre. J'étais dans le pavillon depuis trois jours donc. Il était trois heures du matin environ. J'avais travaillé avec bonheur jusque-là et je m'offrais un petit casse-croûte dans la cuisine. Le plaisir des dieux : un reste de poulet-mayonnaise et une bière tranquille peinard avec le sentiment d'avoir fait du bon boulot. Mon roman avait drôlement bien démarré. Un petit voleur de grande surface qui tombe amoureux d'une caissière. C'est l'été, la canicule, au bord de la mer quelque part en Normandie. Plus j'avançais dans l'histoire et plus je le voyais, ce petit gars. Plus je l'aimais. En écrivant, parfois, j'en étais ému aux larmes.

Donc je termine mon festin et, en traversant la salle à manger pour aller me coucher, je jette machinalement un coup d'œil sur le Parc des Princes en dessous. D'abord je me demande si j'ai la berlue ou quoi : je vois des espèces de pantins désarticulés qui cavalent sur la pelouse et se cassent la figure tous les trois pas. Alors là, je me suis dit : il y a deux possibilités. Ou tu es complètement paf après une seule bière, ou bien l'équipe locale a perdu dimanche son douzième match d'affilée et elle s'entraîne désormais la nuit pour échapper à la honte. Je me colle le nez contre la vitre et j'essaie de mieux voir. Il me semble que les silhouettes disparaissent là-bas sous les tribunes du stade. Bizarre, vous avez dit bizarre ? Je me tire une chaise sous les fesses et j'attends la suite des événements. Un poids lourd est stationné sur le parking de la gendarmerie. Le moteur tourne un peu puis s'arrête. Le faisceau d'une lampe de poche balaie les alentours du camion, fouille le fossé en particulier, puis s'éteint. Rien ne bouge du côté des gradins. C'est le calme plat… et la tempête sous mon crâne. Appeler la gendarmerie ? Il n'y a pas de téléphone dans mon palace. Y aller ? Pour dire quoi ? « Ils sont là, ils sont là ! » comme à Guignol ? « Ils sont là, qui ? » d'abord. Apparemment il y a un chasseur et des lapins dans cette histoire. Et que voulez-vous, dans ce cas de figure, j'ai toujours un faible pour les lapins…

Un quart d'heure s'écoule comme ça, puis le poids lourd démarre et s'en va.

Ils n'attendaient que ça, mes lapins, et les voilà qui pointent le bout de leurs oreilles. J'en compte un, deux, trois… six. Cette fois, ils ne courent plus, ils progressent à la queue leu leu, le long de la ligne de touche. Mais qu'est-ce qu'ils serrent tous comme ça contre leur poitrine ? Je finis par les distinguer assez pour m'en rendre compte et là, stupeur : ce sont leurs habits ! Ils sont à moitié nus ! Dehors, il ne fait pas cinq degrés et ils sont à moitié nus ! Ce sont des garçons de douze ou treize ans, maigres comme des chats de gouttière. À trente mètres de distance, on leur compterait les côtes. Voilà qu'ils s'avancent tout droit dans ma direction et s'arrêtent juste sous ma fenêtre. On reste un moment comme ça : eux transis de froid, l'air désemparé, moi immobile derrière le rideau. Je vais pour ouvrir quand mon regard tombe sur un détail et là, c'est le coup de grâce. Figurez-vous que le dernier garçon, le plus grand semble-t-il, porte un tout petit enfant dans ses bras ! Il l'a enroulé dans un pull, et on voit la grosse tête ronde qui dépasse. Soudain le mioche dégage un de ses bras, pointe son index devant lui et aussitôt tous démarrent comme un seul homme dans la direction indiquée. J'ai connu pas mal de petits enfants dans ma vie, mais avec une autorité pareille, j'avoue que c'était la première fois.

Je fonce dans la cuisine pour ne pas les perdre de vue et je retrouve ma fine équipe derrière le pavillon des voisins. Au bas d'une porte de service, il y a une chatière. Le môme se fait déposer là et entreprend de se faufiler à l'intérieur. Pas de problème jusqu'aux fesses, mais ensuite il a beau gigoter, rien à faire, ça ne passe plus. Un des garçons essaie de le pousser et reçoit un coup de talon dans la figure. Les autres regardent sans rire. Sans rire. Ça m'a frappé, ça. Finalement le petit ressort, se retourne, passe ses jambes d'abord et disparaît aussitôt à l'intérieur. Au bout de quelques secondes, la porte s'ouvre. Ils entrent tous, très vite, sans bousculade.

À peine sont-ils dedans que la pluie redouble. Mes yeux restent accrochés à la porte. Mon petit voleur amoureux est à des années-lumière.

VIII

Récit de Agathe Merle,
soixante-quatorze ans

Des écureuils, d'après Maurice ! Des écureuils ! Le pauvre, il s'arrange pas avec l'âge. Est-ce qu'on a déjà vu des écureuils ouvrir un pot de confiture ? Les boîtes de gâteaux secs je veux bien, ils auraient grignoté l'emballage, mais mon pot de rhubarbe, franchement ? J'irais bien demander au voisin s'il y a rien eu chez lui mais j'ose pas déranger. C'est un écrivain. Je le sais par François, l'arrière-petit-neveu de la pauvre Germaine. Il est là pour deux ou trois semaines, cet homme. Il a besoin de calme pour travailler, il faut pas le déranger. Alors je dérange pas. Et pourtant j'en aurais à lui raconter. C'est pas les histoires qui manquent, ici.

Mon idée à moi pour la confiture, je la dis à personne parce qu'on me rirait au nez, mais n'empêche que je la soutiens mordicus : qu'est-ce qui est assez petit pour passer par la chatière, et qui a des doigts pour dévisser le pot de rhubarbe ? Tournez et retournez la question comme vous voulez, mais si vous avez pour deux sous de jugeote, vous arriverez à la même réponse que moi : c'est un singe. Un singe, je vous dis. Qui se sera échappé d'un cirque. Et voilà.

En attendant, je vais dire à Maurice de clouer la chatière. La Minette fera ses besoins dans sa litière et puis c'est tout.

IX

Récit de Victor Doutreleau, onze ans,
frère de Yann

Je m'en ficherais bien de marcher si j'avais mes chaussures à moi. Mais j'en ai perdu une dans le fossé quand on est descendus du camion, et les grands ont jamais voulu que j'aille la récupérer. Alors j'ai trouvé une paire de souliers de dame dans le garage où on a dormi et maintenant je marche avec. Max arrête pas de rigoler à cause des talons. Très drôle.

C'était bien dans le garage. On a fait sécher nos affaires sur la chaudière et on a dormi dans des bleus de travail qui étaient là. Comme il en manquait, les grands se sont relayés pour les porter. Max et moi on a eu le droit de garder les nôtres toute la nuit. Avant de partir on a mangé trois paquets de gâteaux secs et une sorte de confiture que je connaissais pas. On a tout bien remis en place, les vestes et tout. Et puis on a piqué un sac de toile, genre cabas pour les courses. Fabien et Rémy le portent à tour de rôle à cause du poids. Parce qu'il fait bien ses douze kilos, Yann. Ils ont dit qu'on se ferait vite repérer avec lui, que six enfants et un petit bonhomme genre Yann, ça tirait l'œil. Alors ils l'ont mis dans le sac. Seulement maintenant, ben il faut le porter.

On s'est répartis en trois groupes pour passer inaperçus. Fabien et Rémy vont devant. Ils marchent d'un bon pas et c'est pas facile de les suivre. On les voit qui s'arrêtent, parfois. C'est quand ils savent plus où aller. Alors ils posent le cabas et Yann sort sa petite tête. Il la fait pivoter dans tous les sens, on dirait un périscope, il regarde en l'air aussi, on a l'impression qu'il renifle, et puis il tend son doigt dans une direction et c'est reparti. Pierre et Paul, les moyens, suivent cent mètres derrière avec leurs casquettes à oreilles qui flottent sur les côtés. De temps en temps, ils se retournent pour voir si on arrive. Bien sûr qu'on arrive. On a pas le choix de toute façon. Nous les petits, on doit suivre et c'est tout. Mais on est drôlement courageux, c'est Rémy qui l'a dit. On a juste pleurniché un peu quand on a quitté la maison en pleine nuit. Enfin, la pluie s'est arrêtée aujourd'hui, c'est déjà ça.

Au milieu de la matinée, les grands nous ont attendus et on s'est retrouvés tous ensemble dans une cabane au bord de la route. C'était un arrêt de car, je crois. J'ai demandé à Rémy :

— Où c'est qu'on va, Rémy ?

Ça me travaillait depuis un moment, cette question. Il a dit :

— On va vers l'ouest. Vers l'Océan.

Fabien a ajouté :

— L'océan Atlantique.

Et il a sorti de sa poche un paquet de gâteaux secs. C'était une bonne surprise parce que je pensais qu'on les avait tous finis. On a grignoté en silence et pendant tout ce temps les mots de Fabien dansaient dans la cabane :

— *Océan Atlantique… océan Atlantique…*

Les gens dans les voitures pouvaient bien nous jeter des coups d'œil de travers, ils allaient certainement pas aussi loin que nous. Yann est resté caché, il a mangé dans son sac. Il a juste secoué les miettes avant de repartir pour pas que ça le gratte.

Océan Atlantique… Je sais pas combien de temps il faut pour y aller, à l'Atlantique, ni ce qu'on fera une fois qu'on sera arrivés là-bas… N'empêche que pendant une bonne heure on a moins senti la fatigue, Max et moi. On marchait de bon cœur. Il a même chaussé mes souliers de dame pendant un kilomètre ou deux. Mais j'ai bien vu qu'il avait du mal avec. Alors je les ai repris.

X

Récit de Max Doutreleau,
onze ans, frère de Yann

J'ai bien essayé de soulager Victor en prenant ses chaussures mais au bout de cinq cents mètres, j'avais les orteils en compote. Je sais pas comment il arrive à marcher avec ça. Enfin, c'est mieux que pieds nus.

Vers midi, une voiture nous a doublés, avec une dame et deux enfants derrière. Ils avaient notre âge à peu près, sans doute qu'elle les ramenait de l'école. Ils se sont retournés et nous ont fait des grimaces. On n'a pas répondu. Ils ont recommencé plus loin avec les moyens, alors Paul leur a fait un bras d'honneur et Pierre a pointé le grand doigt du milieu en l'air, ce qui est encore plus mal poli d'après moi. Pierre et Paul, un jour ils tomberont sur plus forts qu'eux et ils prendront une dérouillée. C'est ce que leur disent toujours les grands. Mais ils veulent rien entendre. On dirait qu'ils cognent sur les autres tout ce que le père a cogné sur eux. Pour se venger, quoi. C'est drôle parce qu'ils ont des têtes carrées. On se demande si elles sont devenues carrées parce qu'ils sont cogneurs, ou bien s'ils sont devenus cogneurs à cause de leurs têtes carrées. En tout cas, elles leur vont bien, leurs têtes. Au collège, ils ont peur de personne. Le jour où on est entrés en sixième, Victor et moi, il y a un grand qui s'est moqué de nous. Il échangeait nos casquettes et nous présentait en faisant semblant de se tromper :

— À ma droite Doutreleau, à ma gauche Loutredeau, euh non, à ma gauche…

Tout le monde se marrait en nous regardant. Nous, on souriait parce qu'on voulait quand même pas pleurer le premier jour.

Là-dessus Pierre et Paul sont arrivés. Ils ont pas mené l'enquête pendant trois jours pour savoir le pourquoi du comment ni l'âge du capitaine. Ils ont pas dit un mot. C'est parti tout de suite. Des grands coups de cartable à bout de bras. Le gars est tombé mais ils se sont pas arrêtés. Au contraire, ils se sont acharnés sur lui. Il saignait de la bouche et c'est un surveillant qui a arrêté le massacre. Ils ont été punis au collège et le père leur a flanqué une bonne rouste par-dessus le marché, mais le soir même, quand on est allés se coucher, Pierre est venu vers notre lit et il nous a dit :

— Si on vous embête encore, faut nous le dire, hein ?

Ça nous a surpris parce qu'il nous parle presque jamais. Ils sont pas bavards, Pierre et Paul.

En tout cas, on nous a plus jamais embêtés.

Je pensais à tout ça en les regardant marcher devant nous, avec les ailes de leurs casquettes qui flottaient sur les côtés. Je me demandais s'ils seraient vraiment capables de casser la figure à tous ceux qui nous voudraient du mal. S'ils étaient pas un peu petits pour ça quand même.

On a fini par arriver tout près d'un village. Il était presque une heure au clocher. On s'est cachés dans le petit bois juste à côté. Les deux grands ont posé le sac et nous ont dit de les attendre, qu'ils allaient chercher à manger, qu'ils revenaient tout de suite. Et ils nous ont laissés là.

XI

Récit de Michèle Moulin,
quarante-deux ans, boulangère

J'allais fermer la boutique quand ils sont entrés. Deux grands garçons pâles avec des vestes fripées. Des jumeaux. On a beau dire : quand deux personnes se ressemblent à ce point, c'est une chose bien saisissante. C'est comme de la magie. On se surprend à penser qu'ils pourraient aussi bien disparaître dans un nuage de fumée, puis réapparaître en miniature, et en quatre exemplaires, ou bien en une seule personne de trois mètres de haut. On se dit qu'ils sont sans doute capables d'accomplir tous les prodiges et que s'ils ne le font pas, c'est juste par modestie.

Est-ce que leur mère pouvait seulement les distinguer, ces deux-là ? Sans doute que oui, sans doute qu'elle connaissait le secret, la minuscule, la presque invisible différence : un léger balancement de la tête chez l'un, une espièglerie dans l'œil chez l'autre. Comment savoir ? Les jumeaux se ressemblent davantage les jours de pluie, paraît-il. C'est encore un de leurs mystères.

Ils ont fait un seul petit pas à l'intérieur du magasin et se sont arrêtés. Je ne savais pas lequel regarder. L'un des deux a dit à voix très basse :

— Bonjour, madame, on voudrait du pain, mais on n'a pas d'argent.

J'ai dû le faire répéter parce que je n'étais pas sûre d'avoir bien entendu. Mais c'était ça :

— Bonjour, madame, on voudrait du pain, mais on n'a pas d'argent.

Là j'ai compris pourquoi ils restaient si près de la porte. Ça voulait dire : « On n'est pas des vrais clients, alors on s'avance pas plus… » C'est ça qui m'a touchée, je crois, cette timidité. Et puis leurs vêtements aussi. Des pauvres gosses, vraiment.

Je tiens la boutique depuis sept ans, et avant celle-là j'ai tenu l'autre à Angoulême, eh bien, jamais personne ne m'avait demandé avec autant de candeur et d'innocence : « On voudrait du pain, mais on n'a pas d'argent. »

Je n'ai pas réfléchi longtemps, j'ai répondu :

— C'est pas grave…

Et je leur ai tendu une baguette. Celui de gauche a fait un pas en avant et l'a prise. Et là j'ai

60

eu un réflexe irrésistible, n'importe qui aurait fait la même chose tellement cela allait de soi : j'ai saisi une seconde baguette et je l'ai tendue à son frère.

Ils ont remercié et sont sortis. J'ai fermé derrière eux et je suis montée pour aller manger.

Quand la semaine suivante le premier article sur l'affaire Doutreleau est paru dans le journal, j'ai vite fait le rapprochement. Je pense que ce sont les aînés que j'ai vus. Je dis cela à cause de leur douceur. En effet, les deux moyens étaient assez violents, paraît-il, des vraies furies même. Le journaliste disait que pour les maîtriser il avait fallu plusieurs hommes et qu'un des gendarmes avait eu un doigt retourné. Enfin bon, ce qu'ils racontent dans les journaux et la vérité… En tout cas, les deux à qui j'ai donné le pain n'avaient pas l'air bien méchant. Ils faisaient plutôt pitié. Restent les deux petits. Je pense qu'ils devaient s'être cachés quelque part à proximité du village et qu'ils attendaient leurs frères pour manger. À propos de Yann, le dernier, je préfère me taire. On a raconté assez de sottises. À croire que les gens n'ont pas eu leur compte d'histoires quand ils étaient enfants, et qu'ils essaient de se rattraper plus tard. À la boulangerie je suis bien placée pour entendre, et je peux dire que j'ai vraiment tout entendu :

— Si si, madame Moulin, le gosse était un surdoué, il était capable de battre un ordinateur aux échecs…

— On n'ose pas le dire, madame Moulin, mais le gosse était un demeuré, ses frères en avaient honte, voilà pourquoi ils le cachaient dans un sac…

— Au fait, il paraît que le gosse voyait la nuit comme les chats, vous saviez ça ?

— On dit qu'il ne dormait jamais…

— On dit qu'il dormait tout le temps…

— Il avait six ans, il avait douze ans, il avait trois ans…

J'en passe et des meilleures. J'ai laissé dire. Pour moi, la seule vérité est que ce « gosse », comme ils disent, était un gosse justement. Un simple petit gosse. Qui demandait seulement qu'on le tienne au chaud et qu'on lui dise des gentillesses de temps en temps. Comme tous les autres gosses. Je ne sais pas grand-chose sur l'affaire, mais j'ai comme le sentiment qu'il n'a jamais connu ça. Alors on ferait mieux de lui ficher la paix et de se taire.

Surtout maintenant qu'il n'est plus là.

Ma seule consolation, c'est de savoir qu'il a sans doute mangé un peu de mon pain, ce petit, et que je l'avais donné de bon cœur.

XII

Récit de Pierre Doutreleau, treize ans, frère de Yann

Les deux grands sont revenus au bout de dix minutes avec deux baguettes.

— On nous les a données — y z'ont dit.

J'ai demandé :

— C'est tout ?

C'était tout. Avec Paul on s'est regardés et on s'est compris. La prochaine fois on irait tous les deux et on rapporterait de quoi manger, nous, pas de quoi faire semblant. Enfin bon, on a rien dit parce que c'était pas le moment de s'engueuler. On a partagé bien égal et on a commencé à manger debout. Et puis on s'est tous assis en rond par terre. C'était trempé, mais tant pis, on en avait plein les pattes d'avoir trotté tout le matin. Et on aurait bien le temps de sécher l'après-midi.

Au milieu, y avait Yann dans son sac. Il a grignoté un bout de croûton et y s'est endormi. On le regardait tous sans rien dire. C'était drôle, ça faisait comme la crèche avec le petit Jésus. Sauf qu'autour y avait pas toute la ménagerie, l'âne, le bœuf et les autres bestioles, y avait juste nous qu'on mangeait notre pain.

XIII

Récit de Paul Doutreleau,
treize ans, frère de Yann

On est restés un bon quart d'heure à passer d'un pied sur l'autre dans ce bois. Y z'ont fini par revenir avec de quoi manger. Mais leur « de quoi manger », c'étaient deux baguettes de pain ! Avec Pierre on s'est regardés et on s'est compris. La prochaine fois, c'est nous qu'on se chargerait du ravitaillement et ça serait mieux pour tout le monde. On s'est assis par terre pour manger. Ça nous trempait le cul mais bon, on en avait marre de rester debout. Yann a rien mangé. Un demi-croûton peut-être et encore. On l'a installé au milieu, dans son sac et y s'est endormi. J'y ai jeté ma veste dessus parce que quand on dort on aime bien avoir chaud. On l'a regardé un bon moment.

J'ai rien dit, mais je trouvais que ça faisait un peu comme la crèche avec le petit Jésus dedans.

XIV

Récit de Dominique Etcheverry,
vingt-huit ans, gendarme

C'est bizarre, on n'avait pas vu un chat de la matinée et vers une heure de l'après-midi, le défilé commence. D'abord une gentille mamie. On a empoisonné son chien, d'après elle. Elle est à peine sortie qu'arrive un gars d'une vingtaine d'années avec son casque de moto sous le bras :

— Bonjour, monsieur, je viens porter plainte.

Un vieux cinglé a soi-disant voulu le « sortir » de la route avec sa R 25. Le temps que je me fasse expliquer ça de plus près, voilà que la porte s'ouvre de nouveau et cette fois c'est tout le Moyen Âge qui entre dans la gendarmerie. Un couple de paysans genre Jacquou le Croquant, si vous avez vu la série.

— Vous pouvez patienter un peu ? je leur demande.

L'homme soulève sa grosse main et me fait un signe comme quoi oui, ils peuvent patienter, il y a pas le feu. La femme semble du même avis. En réalité, il y avait le feu, mais je pouvais pas savoir…

Juste à l'entrée on a une banquette avec une mousse dessus.

— Asseyez-vous ! je leur fais en la montrant.

Aucune réaction. C'est le genre de personnes qui s'assoient sur des chaises ou sur des bancs. Dès que c'est un peu mou, ou un peu bas, ils pensent qu'ils vont salir ou qu'ils pourront plus se relever, ou plutôt ils estiment que c'est pas pour eux. Bref, mes deux mannequins de chez Dior restent piqués là et attendent.

Je passe à côté avec le motocycliste, et quand j'en ai fini avec lui, c'est-à-dire un bon quart d'heure plus tard, je reviens à l'accueil. Les deux n'ont pas bougé d'un poil. J'étais pas là mais je suis sûr qu'ils se sont pas adressé un mot, ça se sent.

— Messieurs dames ? je leur dis.

L'homme donne un coup de coude à la femme. Elle s'approche jusqu'à moi et me sort texto :

— C'est les gosses… y z'ont foutu le camp…

— Pardon ?

— Les gosses… y z'ont foutu le camp.

Et deux gros sanglots lui échappent. Comme des hoquets. Ça n'a pas duré longtemps. Elle a dû s'en vouloir de s'être laissé aller comme ça et l'instant d'après elle était à nouveau dure comme de la pierre. Ça devait la travailler depuis un bon moment, et le dire comme ça, tout simplement, avec les mots qui conviennent : « les gosses ont foutu le camp », ça l'a remuée.

Depuis la porte, l'homme nous regarde avec un air farouche, du style : « J'ai bien voulu suivre la mère jusqu'ici, mais c'est elle qui cause. Me demandez rien, à moi ! »

Les « gosses », comme elle dit, sont partis dans la nuit. Ce matin en tout cas, il y avait plus personne. Et pourquoi ils seraient partis ? Elle sait pas. C'est la première fois qu'ils font ça ? Oui, c'est la première fois. Ils seraient pas à l'école tout bêtement ? Non, ils sont pas à l'école. Et c'est seulement maintenant qu'ils le signalent ? Oui, parce qu'ils les ont cherchés avant de venir…

Ça, pour chercher, ils ont dû chercher. Les deux ont les yeux hagards, ils sont hirsutes, leurs vêtements sont trempés. Ils auraient du mal à faire croire qu'ils sortent d'une partie de bridge chez le préfet.

J'enregistre tout ça, j'alerte Jean-Pierre, un collègue qui vient du Midi comme moi, et on saute dans la 4 L. Les Doutreleau, ils s'appellent comme ça, nous précèdent dans leur 404 à laquelle manquent entre autres accessoires le pare-chocs arrière et le rétro extérieur.

Dans la cour de la ferme, il y a une Polo rouge et deux personnes qui nous regardent arriver.

XV

Récit de Pascal Josse, trente-quatre ans, mécanicien, mari de Nathalie Josse

C'est la première fois qu'elle me faisait ce coup-là, Nathalie. En plein milieu de la nuit, le vrai bon gros cauchemar.

— Sors-moi de là ! Sors-moi de là…

Et ses ongles plantés dans mon bras.

La sortir de là, d'accord, mais il fallait qu'elle y mette un peu du sien. À mon avis, le plus urgent était qu'elle se réveille tout à fait. J'ai allumé, j'ai pris son visage dans mes mains et je l'ai caressé.

— Réveille-toi, Nathalie… c'est moi !

Mais rien à faire, ses ennemis invisibles semblaient vouloir la garder encore un peu entre leurs griffes. Pour la tirer de là, je les aurais volontiers étripés écrabouillés décapités, seulement j'avais du mal à les distinguer. Elle a tout de même fini par ouvrir les yeux. La première chose qu'elle a vue, c'est ma bouille et apparemment ça lui a fait plaisir : elle s'est jetée sur moi et m'a serré contre elle. Un noyé ne s'y prend pas autrement avec la bouée qu'on lui jette. C'est un de ces moments où on a vraiment l'impression de servir à quelque chose et c'est assez agréable, j'avoue. Les clients du garage où je bosse me font très rarement la fête comme ça !

— Tu as fait un cauchemar — je lui ai dit. Tout va bien… On se calme, mademoiselle…

Je l'ai gardée contre moi, le temps qu'elle s'apaise. Je lui ai raconté des choses gentilles. En le faisant, je me suis souvenu que je l'aimais beaucoup, mais ce n'est pas le sujet…

Dix minutes plus tard, on était assis dans la cuisine, devant une tasse de lait chaud, et je l'écoutais. Son histoire de petit bonhomme futé et de ses six frères jumeaux m'en rappelait une autre. Je n'ai pas mis longtemps avant de réagir :

— Dis-moi, c'est le Petit Poucet que tu me racontes, ou quoi ?

Elle est tombée des nues, pourtant c'était l'évidence même, non ? Je suis loin d'être un crack en littérature mais je connais mes classiques. Je me souvenais même que dans le conte de Perrault la mère aimait plus que les autres un de ses deux fils aînés, parce qu'il était un peu « rousseau » et qu'elle-même était rousse. Ça m'avait frappé à l'époque. Il faut dire que de ce point de vue, je suis servi : ce que j'ai sur la tête, c'est pas des cheveux, c'est un incendie. Toujours est-il qu'on avait parfaitement le compte : les six frères, tous jumeaux, et le dernier, le petit avorton, gros comme le pouce, et qui devenait bien sûr le héros de l'histoire. Pour que la distribution soit complète, il ne manquait plus que le méchant, là, l'Ogre. Mais apparemment ma petite femme venait de le rencontrer, et c'est ce qui l'avait mise dans cet état.

— Le plus insupportable, c'est que le gosse ne me quittait jamais des yeux… On lui faisait subir des horreurs et il se contentait de me regarder avec l'air de dire : « *Vous voyez ce que vous avez fait ? Du joli travail, hein ?* »

Je vous passe le détail des horreurs qu'on infligeait au petit dans le cauchemar de Nathalie. J'aime pas ça. Même le dire, j'aime pas.

Pour la rassurer tout à fait, j'ai dû lui promettre de l'accompagner le lendemain et c'est ainsi qu'on s'est retrouvés tous les deux vers une heure et demie de l'après-midi dans la cour de la ferme, chez les Doutreleau.

— Tu resteras dans la voiture, je m'en fiche, mais je préfère que tu sois là. Cette bonne femme me fait peur.

La cour était bien comme Nathalie me l'avait décrite. Les Doutreleau n'étaient pas abonnés à *Maisons et Jardins*, c'était clair.

Le chien était là, sur le seuil ; il louchait très fort, ça elle ne me l'avait pas signalé. À part lui, personne à l'horizon, ni grands ni petits. C'était un mardi, les enfants devaient être à l'école. Mais où étaient les parents ? J'ai donné un coup de klaxon, puis un autre. Le chien nous fixait en silence, enfin il essayait de nous fixer, ça l'obligeait à incliner la tête et, dans cette attitude, il ne respirait pas l'intelligence, vous voyez ce que je veux dire. Je suis descendu et je me suis avancé vers le hangar pour voir si une voiture serait là. Il n'y avait qu'un tracteur, en piteux état d'ailleurs. J'allais faire demi-tour quand j'ai entendu les miaulements. Les chatons devaient être bien petits, mais où se cachaient-ils ? Je suis curieux par nature. Nathalie me le reproche sans cesse. Il faut que je voie, que je sache, c'est plus fort que moi. Donc j'ai tendu l'oreille pour tâcher de repérer mes petits miauleurs et après une minute de « Tu es chaud… tu es très chaud… tu brûles… », je les ai dénichés au fond d'un placard déglingué. Sept chatons encore aveugles, empêtrés les uns dans les autres, et qui criaient la faim. La mère ne devait pas être bien loin. Je me suis accroupi et je les ai observés un instant. Je suis de la campagne et je connais la musique : quand sept petits chats naissent dans une ferme, surtout une ferme comme celle-ci, leur espérance de vie est plutôt brève. Dans le meilleur des cas, c'est le chloroforme, le sac... et la rivière. Dans le pire, c'est deux coups de pelle, et un troisième si ça bouge encore. Âmes sensibles s'abstenir. J'ai eu la tentation d'en prendre un, pour le sauver, mais qu'est-ce qu'on en aurait fait ? On n'en veut pas dans l'appartement avec le bébé. Là-dessus la chatte est arrivée et elle s'est couchée sur eux.

« Profitez-en ! j'ai pensé. Vous ne connaîtrez de la vie rien d'autre que ça, le ventre chaud de votre mère, mais c'est déjà pas si mal. »

Nathalie m'attendait à la sortie du hangar :

— Qu'est-ce que tu fiches ? Si quelqu'un arrive...

Elle ne croyait pas si bien dire. Deux voitures sont entrées dans la cour. Dans la première il y avait le père et la mère Doutreleau. La seconde était une 4 L de la gendarmerie.

Le père Doutreleau m'a interrogé du regard :

— Qu'est-ce que vous foutez là, vous ?

Je me suis rendu compte qu'un regard pouvait dire exactement cette phrase : « Qu'est-ce que vous foutez là, vous ? »

J'ai bredouillé :

— Je m'excuse. On vous attendait et j'ai entendu des miaulements dans le hangar, alors je suis allé voir.

Il a dit d'une voix absente :

— Ah oui, les chats… je voulais les tuer ce matin, mais avec tout ça…

« Tout ça » quoi ? on s'est dit. Un des gendarmes nous a demandé avec un fort accent du Midi qui on était. Quand il a su que Nathalie était l'assistante sociale, il l'a prise à part et lui a expliqué que les sept enfants avaient disparu, qu'ils étaient tous partis dans la nuit… Puis ils sont entrés dans la maison avec les Doutreleau. Nous, on n'avait plus rien à faire ici, alors on est partis. Nathalie a pleuré pendant tout le trajet.

J'ai passé l'après-midi au garage et j'espère n'avoir pas monté trop de plaquettes de freins à l'envers parce que je n'étais pas vraiment à ce que je faisais. Je ne voyais pas des carburateurs ni des batteries ni des bougies, je voyais sept petits chats, sept petits Doutreleau, et sept « Petits Poucet ». Tout ça dansait dans ma tête. Je voyais surtout, et très précisément, une image venue de mon enfance. Le Petit Poucet y était représenté caché sous une escabelle lors de la terrible nuit. Le père disait : « Je suis résolu de les mener perdre demain au bois… » La mère plongeait son visage dans ses mains. Un maigre feu brûlait dans la cheminée.

J'étais dans la voiture et je rentrais chez nous quand ça m'est tombé dessus. Comme un coup de tonnerre.

Et si… et si le petit Yann… lui ou un de ses frères bien sûr, mais non, ça ne pouvait être que lui, j'en avais l'intuition, si donc le petit Yann avait entendu son père dans la nuit :

— Je LES tuerai tous demain matin ! Tous les sept !

Et qu'il ait pensé que son père voulait…

Tu t'es trompé, petit Yann ! Toi qui sais tout, qui comprends tout, pour une fois tu t'es trompé !

LES tuer tous les sept ! Oui. Mais les sept CHATS, Yann ! Les CHATS ! Pas vous ! Les CHATS !!!!

Où es-tu maintenant pour qu'on te le dise ? Où as-tu entraîné tes frères ?

DEUXIÈME PARTIE

« Hélas, mes pauvres enfants, où êtes-vous venus ?
Savez-vous bien que c'est ici la maison d'un Ogre
qui mange les petits enfants ? »

Le Petit Poucet, Charles Perrault.

I

Récit de Fabien Doutreleau, quatorze ans, frère de Yann

Dans la matinée plusieurs voitures ont ralenti et on a eu peur de se faire prendre. Même séparés, on nous remarque. Même avec Yann dans le sac. Une fois qu'on a eu fini notre pain, dans le bois, on en a parlé avec Rémy et les moyens. Il faut plus qu'on suive la route, sinon on n'ira pas loin. On nous prendra. Et si on nous prend, je sais bien ce qui arrivera : on nous ramènera chez nous. On aura beau expliquer aux gendarmes pourquoi on s'est sauvés, ils nous croiront jamais. Et dès qu'ils auront tourné le dos, les gendarmes, le père nous foutra une bonne raclée et puis il nous fera ce que Yann a dit… Il nous tuera tous les sept.

On n'en parle jamais, de ça. Ni en marchant, ni aux pauses quand on se retrouve. On n'a pas le droit. C'est comme un gros mot qui serait impossible à dire. Même les petits comprennent ça, alors ils suivent et ils demandent rien. Ou alors juste où on va, mais ça ils ont le droit. C'était dans la cabane, ce matin. Rémy a répondu :

— On va vers l'ouest, vers l'Océan.

Et moi j'ai ajouté :

— L'océan Atlantique.

Il y a eu un silence et on l'a tous vu, l'Océan, on a entendu les vagues sur le sable, *vraaaoutch*, et on a senti le vent sur notre peau. J'en ai eu la chair de poule.

Une autre fois, Victor a demandé quand est-ce qu'on arriverait, et là c'était moins commode pour répondre…

Si on quitte la route et qu'on prend plus que les chemins, eh bien, on n'est pas près d'arriver. Ça multiplie la distance par deux, facile. Un avantage par contre, et qui nous soulagerait bien, Rémy et moi, enfin surtout Rémy parce que les forces commencent à lui manquer, c'est que Yann pourrait sortir de son sac. On le cacherait seulement en cas d'alerte ou bien quand il serait trop fatigué. Pour s'orienter, ça changerait rien vu qu'avec Yann c'est pas sorcier : il a une boussole dans la tête, ou des antennes ou je sais pas quoi. En tout cas, il hésite jamais longtemps, il tourne sa petite tête vers le ciel, il la fait pivoter dans tous les sens, et puis il pointe son doigt. Et nous, on suit.

Comme ça m'intriguait, cette affaire, à un croisement je lui ai demandé :

— Comment tu fais ?

— *La lumière…* il m'a dit, *la lumière dans le ciel… Vers l'ouest c'est plus clair…*

Moi je vois pas de différence.

II

Récit de Rémy Doutreleau, quatorze ans, frère de Yann

On a quitté la route. C'est mieux parce qu'on peut marcher tous ensemble, et puis on n'a plus à se coltiner le sac, Fabien et moi. On commençait à avoir les bras et les épaules bien endoloris. À la fin, on avait trouvé un truc : on portait à deux, chacun une anse et le sac entre nous, comme si on revenait de faire les commissions. Mais on avait beau changer de côté tous les cent mètres, ça nous sciait quand même méchamment les doigts. Bref, on porte plus le sac et ça nous soulage drôlement, surtout Fabien, qui est un peu moins costaud que moi.

On suit les chemins, les sous-bois, le bord des rivières. Parfois c'est large et doux sous les pieds, alors on marche de front, d'un bon pas, presque gaiement ; plus loin ça se resserre et on va en file indienne. Ailleurs on s'égare dans les herbes hautes, il faut qu'on prenne Yann sur nos épaules et on ressort trempés. Il y a des moments où on se décourage un peu : on a l'impression qu'on n'arrivera jamais nulle part, qu'on pourra bien s'enfoncer les jambes dans le ventre à force de marcher, que tout ça servira à rien. Mais aucun d'entre nous veut être le premier à se plaindre, alors on se tait et on continue…

Parfois on est récompensés. Vers la fin de l'après-midi, par exemple, on a suivi longtemps un chemin de halage, le long d'un canal qui allait vers l'ouest. C'était bien. On marchait au sec, on n'avait ni trop froid, ni trop chaud, ni rien du tout. Sans le vouloir on a accéléré, comme si le canal menait tout droit à l'Océan et qu'on l'atteindrait peut-être avant la nuit si on allait assez vite. On savait bien que c'était pas vrai, mais ça nous faisait plaisir de penser comme ça.

À un moment, on a tous fait nos besoins ensemble derrière un taillis. On s'est essuyés comme on a pu avec des feuilles et on s'est lavé les mains dans l'eau du canal. Elle était pas chaude. C'est juste après ça que la nuit est tombée d'un seul coup et que le froid nous a saisis. On a marché encore un peu, mais le chemin est vite devenu étroit et il a fini par se perdre tout à fait dans les orties. On a fait demi-tour sur un bon kilomètre, jusqu'à un pont, et on s'est assis contre le petit mur de pierre.

Les moyens avaient leur œil des mauvais jours, bien noir et bien farouche, et comme en plus ils suçotaient tous les deux les lanières de leur casquette, c'était pas difficile de comprendre qu'ils avaient faim.

Les petits avaient l'air fatigués maintenant.

— Où c'est qu'on va dormir ? a demandé Victor en ôtant ses souliers de dame.

On a vu que ses deux pieds étaient blessés dessus, ça faisait des barres rouges pas bien jolies. Il était rudement courageux de continuer comme ça. Par-dessus le marché, la brûlure des orties avait couvert ses chevilles de petites cloques blanches. Comme personne répondait, sa bouche s'est tordue et il a commencé à pleurer en silence. J'ai fait comme si je l'avais pas vu, et les autres pareil. De toute façon, on n'avait pas de quoi le soigner, alors ça aurait rimé à quoi de faire semblant ? Dans ces cas-là, si on console, c'est tout de suite les grandes eaux. Il vaut mieux regarder ailleurs.

On en était là de notre brillante situation quand Yann a levé son index.

— *Vous entendez ?*

On n'entendait que dalle. À part les renifle-ments de Victor et le *floc* d'une grenouille dans le canal, c'était le silence. Mais comme Yann tenait toujours son doigt en l'air, on a tendu l'oreille et on a fini par entendre aussi. Un grondement sourd, très lointain. Et puis on a distingué une traînée de lumière à l'horizon, comme un long coup de griffe rouge dans le noir de la campagne.

Le train fonçait dans la nuit, à pleine vitesse. Et il allait vers l'ouest.

III

Récit de Colette Faure, retraitée, soixante-huit ans

Les gens me croient pas quand je leur dis. Ils ont qu'à venir passer quelque temps chez moi. Une, ça me ferait de la compagnie. Et deux, ils verraient que je mens pas. Je vous défie de regarder la voie ferrée plus d'une demi-journée sans voir quelqu'un qui marche le long. Ça vous étonne, ça ! Et pourtant c'est la vérité vraie.

Ça fait quinze ans que je la regarde, moi, la voie ferrée. J'ai ma chaise à la fenêtre. À droite c'est la télé, à gauche la voie ferrée. Et entre les deux il y a moi qui regarde, tantôt à droite, tantôt à gauche, tantôt la télé, tantôt la voie ferrée. Quand j'en ai marre, je donne à manger au chat et je le regarde faire.

Me dites pas, avec le nombre de chemins qui existent, de routes, d'autoroutes et le reste, on se demande pourquoi ils éprouvent le besoin de marcher là. Mais je commence à avoir mon idée. Ils marchent là : une, parce que c'est tout droit, et deux, parce que au bout il y a toujours une gare. Ça leur fait deux certitudes et ça repose. En général, c'est des personnes seules. Ça va tête baissée, à broyer du noir. Enfin je suppose. Quand on marche tout seul le long d'une voie ferrée, c'est pour quoi faire, si c'est pas pour broyer du noir ?

Parfois j'ai envie d'ouvrir ma fenêtre et de leur brailler : « Ça s'arrangera pas, votre affaire ! Couchez-vous plutôt sur le rail, le prochain passe dans cinq minutes ! Vous serez tranquille comme ça ! » Ça me fait rire toute seule. Je suis pas méchante, juste un peu taquine. On se distrait comme on peut. Ça m'est venu avec l'âge. J'étais pas tordue comme ça avant, il me semble…

Je le fais pas quand c'est des jeunes. Et surtout si c'est la nuit. Ceux-là sont passés à onze heures du soir. C'était les actualités sur la Deux, j'ai repéré l'heure comme ça. Quatre gars à la queue leu leu, et devant, un drôle de petit bonhomme qui trottait. La lune donnait en plein et je le voyais comme je vous vois. Imaginez un gamin avec une veste des années cinquante boutonnée au milieu, et vous avez le tableau. Il faisait trois pas quand les autres en faisaient un et il se dandinait comme un pingouin sur la banquise. Cent mètres derrière en voilà un sixième qui en porte un autre sur son dos.

J'ai attendu un peu, des fois qu'il en serait arrivé d'autres, mais non, c'étaient les derniers, le défilé était terminé. En passant devant la maison, celui qui se faisait porter a regardé longtemps vers moi. Je lui ai fait un mouvement de menton : « Tu veux ma photo ou quoi ? »

Périgueux est à plus de trente kilomètres. Les enfants, je me suis dit, si vous voulez y être avant le jour, il faudrait voir à accélérer la cadence.

Quand ils en ont parlé dans le journal la semaine d'après, j'ai vite appelé les gendarmes, mais ils m'ont pas écoutée. Une, parce qu'ils avaient déjà retrouvé les gosses, et deux, parce qu'on m'écoute jamais, moi.

IV

Récit de Max Doutreleau,
onze ans, frère de Yann

— On est arrivés, qu'il a dit, Fabien, il reste juste quelques kilomètres. La ville s'appelle Périgueux, on va marcher jusqu'à la gare et on prendra le train.

Le jour se levait juste. De chaque côté de la voie ferrée, des maisons grises sont sorties de la brume petit à petit. Dedans il y avait des gens qui dormaient au chaud sans doute. Fabien aurait pu dire qu'il restait douze kilomètres, ou cent vingt, ou quatre millions : pour moi et Victor, c'était du pareil au même. On a regardé nos jambes pour voir s'il en restait encore, si elles étaient pas usées jusqu'aux genoux. Il en restait encore… Elles marchaient toutes seules, nos jambes. Est-ce qu'elles allaient seulement nous obéir et s'arrêter quand on le leur demanderait ?

Devant la gare, il y avait une grande place. On s'est cachés vers des poubelles. Les grands et les moyens ont parlé longtemps entre eux, et avec Yann bien sûr. Victor et moi, on s'est recroquevillés l'un contre l'autre parce qu'on avait très froid maintenant qu'on marchait plus. Je comprenais bien ce qui les faisait hésiter, les grands : c'est qu'ils avaient jamais pris le train et qu'ils savaient pas comment on doit faire pour les billets et tout ça. C'est sans doute pas bien compliqué, mais quand on sait pas…

À la fin, Pierre a pris le cabas bleu, il l'a déchiré sur dix bons centimètres, Yann a grimpé dedans, Pierre l'a calé sous son bras et tous les deux sont entrés dans la gare. L'horloge marquait sept heures et demie. Quand ils sont ressortis, il était juste huit heures. Pierre nous a distribué les billets pour Bordeaux. Il y en avait que trois, mais quand on est jumeaux, ça suffit pour six, il a dit.

V

Récit de Victor Doutreleau,
onze ans, frère de Yann

Ça sentait pas très bon vers les poubelles, mais au moins on marchait plus. Je me suis calé contre Max, dos contre dos et on a essayé de se réchauffer en attendant que les grands décident quelque chose. J'ai fermé les yeux : des voitures s'arrêtaient, d'autres démarraient, on entendait claquer les portières. C'était comme dans un rêve. Sans doute que ça fait ça quand on dort pas de la nuit. La veille j'avais pleuré un peu au petit pont de pierre. J'aurais bien voulu être courageux, mais c'était plus fort que moi, j'ai pas pu m'empêcher. Pas à cause des pieds qui me faisaient mal, ni des orties, mais parce que je me disais : le premier qui pourra plus avancer, c'est toi. Et comme ils voudront pas t'abandonner, eh ben, on s'arrêtera tous, on n'arrivera jamais à l'Océan, et ce sera ta faute.

Heureusement qu'on a vu passer le train juste après, ça nous a redonné de l'espoir et on est repartis. Paul m'a porté sur son dos pendant plus d'un kilomètre. À un moment, on est passés devant une maison éclairée. Une grosse dame a écarté le rideau et m'a regardé sans se gêner.

— Tu veux ma photo ? j'ai marmonné.

— Quoi ? a répondu Paul.

— Rien, je lui ai dit, parce qu'il avait pas vu la dame, que c'était trop long à expliquer et que ça avait pas d'importance…

Un peu plus loin, il est tombé en avant et s'est mâché le genou. Il est comme ça, Paul, il dit pas qu'il est fatigué, il attend de tomber et voilà. J'ai eu un peu honte et je me suis remis à marcher.

Quand on est arrivés à Périgueux, il faisait jour et j'avais plus mal du tout. Les barres rouges sur mes pieds étaient devenues noires et un peu bleues aussi. Je crois que je me suis endormi, aux poubelles. Il fallait en avoir envie, vu comme ça puait et le froid.

Juste avant, Pierre a fait exprès une fente dans le sac en déchirant la couture avec ses mains, il a mis Yann dedans, et ils sont entrés dans la gare.

Récit de Valérie Massamba,
vingt-cinq ans, étudiante

C'est moi tout craché, ça. J'ai tellement peur de rater le train que j'arrive à la gare avec trois quarts d'heure d'avance. Et je poireaute. Dans ces cas-là, je me trouve une place sur un banc et je pique le nez dans un magazine. Ça veut dire en clair : je ne suis là pour personne, prière de ne pas déranger.

Voilà pourquoi, quand le garçon s'est assis juste en face de moi, je ne l'ai tout d'abord même pas remarqué.

C'est l'odeur qui m'a alertée. Je ne sais pas quand ce gosse avait changé de chaussettes pour la dernière fois, mais il était inutile d'avoir son diplôme de chien de chasse pour le suivre à la trace. *Mamma mia !* S'il avait été un adulte, j'aurais changé de place immédiatement. Seulement, il avait douze ou treize ans, pas davantage, et puis surtout, c'était une pitié de voir comme il était fagoté : un anorak marron qui ne fermait plus, des fils de laine qui pendouillaient aux manches du pull. La seule chose présentable était une casquette à oreilles qui le faisait ressembler aux aviateurs d'autrefois. Il tenait sur ses genoux un de ces cabas en plastique qu'on utilise pour les courses. Drôle de bagage pour voyager.

Ce gosse ne devait pas aimer qu'on le chatouille, ça se devinait à son visage taillé à la hache, à son menton carré. Mais il avait dans l'œil quelque chose de fragile, tout de même, d'inquiet. Je suis étrangère et je le connais bien, ce regard. Il m'arrive de le voir dans mon miroir. Alors je suis restée. Malgré l'odeur…

J'étais loin de me douter à ce moment-là à quel point cela deviendrait intéressant.

Je vais essayer d'être claire, parce qu'il y a de quoi s'y perdre. Vraiment.

Pour commencer, quelque chose bouge dans le sac du gosse. Est-ce un chat ? Un chien ? Un lapin ? Un poulet ? Je n'en ai aucune idée. Une seule certitude : c'est vivant ! Mieux encore : le gosse se penche et parle tout bas à la chose qui bouge. Il doit bien l'aimer, son chat, sa tortue ou son canari pour lui faire des discours comme ça !

Puis il se redresse, observe intensément les voyageurs, replonge dans le sac et recommence. Plus de dix fois.

Tout cela dure vingt minutes au moins. Moi, je ne bronche pas. Je lis mon magazine. Enfin, je fais semblant.

Soudain le gosse se lève, marche vers un banc où sont assis un père de famille et ses deux enfants qui viennent d'acheter leurs billets au guichet. Ils chahutent. Ils ont l'air heureux de prendre le train ensemble, c'est peut-être la première fois. Mon petit roi du parfum passe derrière eux, dépose ni vu ni connu son sac à côté du leur, et va se poster dix mètres plus loin, près du kiosque à journaux. De là il fait semblant de regarder ailleurs, mais il a tellement envie de voir les deux sacs qu'il en louche. J'en connais une qui louche aussi, elle s'appelle Valérie, et c'est moi. Qu'est-ce qu'il peut bien fabriquer, nom de nom ?

Ce qu'il fabrique, je vais le savoir bientôt et ça vaut le coup d'œil.

Le sac en plastique a une fente sur le côté. De la fente émerge tout à coup une sorte de petit tuyau. Ce petit tuyau, c'est une manche de veste et au bout de la manche de veste il y a quoi ? Eh bien il y a une main. Évidemment ! C'est tout naturel, non ? Au bout d'une manche, il y a souvent une main, avouez-le. Vraiment, un rien vous étonne !

La main est minuscule, toute ronde. Elle tâtonne un peu, elle a du mal à trouver le sac en cuir. Depuis sa cachette près du kiosque à journaux, mon petit gars fait des grimaces muettes. S'il le pouvait, il hurlerait : « À gauche ! À gauche encore ! Là, tu y es ! » Seulement il ne peut rien faire. Juste regarder et souffrir.

Finalement elle y est, la petite main :

Zip ! Elle actionne la fermeture Éclair du sac !

Grat grat ! Elle fouille dedans !

Fftt ! Elle en tire trois billets de train pour Bordeaux.

Fftt encore ! Et elle retourne là d'où elle vient. C'est fini.

Mon petit gars ne perd pas une seconde. Il repasse derrière le banc, saisit le cabas par les deux anses, marche droit vers la sortie et disparaît. Juste à temps. Le père jette un coup d'œil à l'horloge et rameute sa troupe. Les trois se lèvent et se dirigent vers la voie 2 d'où part le train pour Bordeaux. Dites, monsieur, n'oubliez pas de bien composter vos billets…

Je sais, je sais, ce n'est pas bien. J'aurais dû dénoncer, signaler, alerter, j'aurais dû, j'aurais dû… Je ne l'ai pas fait. À cause des yeux de ce gosse, ses yeux de petit animal traqué.

Un quart d'heure plus tard, à peine remise de mes émotions, je m'installe dans l'express, au milieu du compartiment, là où les sièges sont en vis-à-vis. Jusque-là j'avais vu des choses étonnantes mais qui tenaient à peu près debout : un gosse utilise son petit frère comme robot vivant pour piquer des billets de train. Bon. D'accord. Surprenant, mais possible. C'est la suite qui allait me plonger dans un océan de perplexité. En effet, le voilà qui ressurgit dans le train, mon garnement, mais cette fois il n'est plus tout seul. Il est accompagné d'un grand garçon pâle aussi mal fringué que lui et d'un gamin d'une dizaine d'années affublé d'une paire de chaussures de femme ! Il ne porte plus le cabas en plastique et il s'est changé de la tête aux pieds : nouvelles chaussures, nouveau pantalon, nouvel anorak ! L'odeur, elle, est la même.

J'adore les mots croisés cinq étoiles, les énigmes, tout ce qui donne à réfléchir. Et plus ça me résiste, plus je m'acharne. Bref, je suis quelqu'un qui a besoin de comprendre. Là, j'avais trouvé un mystère à ma mesure !

Les trois prennent place autour de moi. Le plus jeune s'assoit à côté, avec un air aussi éberlué que s'il venait d'entrer dans une navette spatiale. Mais le train n'a pas fait cinq cents mètres, qu'il bascule la tête en arrière, ouvre une bouche grande comme une assiette et s'endort. Ses chaussures de dames lui glissent des pieds. Le grand, en face de lui, n'a pas l'air moins ébahi, mais il essaie de faire bonne figure. Le moyen, qui me fait face et qui aurait dû me reconnaître, m'ignore totalement.

On est presque à mi-chemin du parcours quand le contrôleur se pointe.

— Vos billets, s'il vous plaît ?

Il tend la main vers le grand garçon pâle et se trouble aussitôt :

— Vous avez changé de place ?

Le garçon devient cramoisi et bredouille :

— Oui, on n'a pas le droit ?

— Si, si… bien sûr… vous avez le droit…

Le contrôleur s'éloigne. Les deux garçons sont en apnée. Quand ils osent respirer de nouveau, au bout d'une éternité, le regard qu'ils échangent est éloquent : « Ça a marché ! Surtout ne bougeons pas ! Ne nous faisons pas remarquer ! »

Le jeu de devinettes devient passionnant : Pourquoi le gosse à la casquette s'est-il changé ? Pourquoi n'a-t-il pas montré les billets puisqu'il les a ? Je le sais bien, moi, qu'il les a. Et pourquoi le grand a-t-il dit qu'il les avait déjà montrés ? Où ? Quand ?

Je ne suis pas loin de donner ma langue au chat quand l'indice suivant intervient : il s'avance dans l'allée, mon indice, il tient un sandwich dans chaque main et il ressemble trait pour trait, cheveu pour cheveu, au grand garçon pâle assis en face de moi. Il ne s'attarde pas, il donne ses deux casse-croûte et s'en va.

Des jumeaux ! Tout s'éclaire soudain ! Si le grand garçon pâle a un frère jumeau, le moyen à casquette en a aussi un sans doute ! Ainsi ce n'est pas mon petit voleur qui est là devant moi, mais son frère. Voilà pourquoi il n'a pas les mêmes vêtements, voilà pourquoi il ne m'a pas reconnue. Je tourne la tête vers le plus jeune qui gobe toujours les mouches à côté de moi. Est-ce que lui aussi… ? La curiosité me dévore. J'irais volontiers jeter un œil dans le compartiment voisin…

Dans le compartiment voisin, il n'y a rien à voir, et dans le suivant non plus. Je continue ma traversée cahin caha et il me faut arriver tout au bout du train pour les débusquer ! Ils sont là tous les trois ! Oui, j'ai bien dit tous les trois, le petit aussi a son jumeau parfait ! Il dort en boule sur un siège. Un des grands lui a jeté une veste dessus. Mais il n'a pas des chaussures de femme, lui.

Une seule place est libre, je m'y assieds. Mon petit voleur à la casquette me reconnaît aussitôt. Je lui adresse un rapide sourire : « Salut, on se connaît… » Il me le rend, mais c'est bien timide. En tout cas, j'ai rassemblé toutes les pièces du puzzle, maintenant. Il n'en manque plus qu'une : où est la petite main ? Où est celui à qui elle appartient ? Où est le cabas bleu ?

Le train roule et nous secoue. La réponse m'arrive au moment où je ne l'attends pas. C'est mon petit voleur qui se trahit : il jette deux coups d'œil vers le haut. C'est un de trop. Qu'est-ce qu'il y a donc à voir là-haut, dis-moi ? À mon tour je lève les yeux.

Le cabas bleu est là, au-dessus de nos têtes, parmi d'autres bagages. La petite main furtive se glisse par la fente. Elle cherche, elle tâtonne, elle danse, elle fouille, elle chipe, elle se retire. Mais ce ne sont plus des billets de train qu'elle escamote aussi prestement. C'est une barre de chocolat, c'est un paquet de biscuits, c'est une tartine de fromage…

Cette fois mon petit voleur a vu que je voyais. Il rougit, baisse les yeux, revient à moi, et finit par accepter mon regard. Conversation muette :

Lui : Vous avez vu, hein ?

Moi : Oui, j'ai vu…

Lui : C'est rigolo, non ?

Moi : Oui, c'est rigolo…

Lui : Dites rien, s'il vous plaît…

Moi : Je ne dirai rien…

La petite main part à la conquête d'une pomme. La pomme est trop grosse, elle glisse, menace de tomber sur la tête d'un voyageur.

— Ton autre main ! crions-nous ensemble et silencieusement : *Ton autre main !*

L'autre main apparaît, se faufile. Cette fois, la pomme est prisonnière, elle ne tombera plus, elle rejoint dans le cabas bleu le reste du butin.

Le rire nous prend. On ne se connaissait pas une heure plus tôt et nous voilà complices.

Je ne dirai rien parce qu'on est dans le même camp, toi et moi. Parce que tu ne fais pas ça pour jouer. Parce que tu as un beau sourire malgré ta tête carrée. Peut-être aussi parce que tu as posé ta veste sur ton petit frère qui dort…

VII

Récit de Pierre Doutreleau, treize ans, frère de Yann

J'ai eu les pétoches. Si y aurait pas eu les autres qui attendaient dehors dans le froid, je me serais bien dégonflé. Mais j'avais promis, alors… Je me suis assis sur un banc avec Yann sur les genoux et j'ai observé. Parce que les gares, les trains, et tout ça, j'y connais que dalle, moi. Mais j'ai pas mis longtemps à comprendre : les gens y z'achètent les billets au guichet, après y z'attendent, et après y mettent leur billet dans un truc qui fait clac. Ça doit faire un trou dedans, à mon avis. Et puis y vont monter dans le train. Et c'est tout. Assise en face de nous sur le banc, y avait une fille noire qui lisait un magazine. Mais elle a pas fait attention à nous, elle a même pas levé le nez. Y nous fallait trois billets, pas plus. Yann les a chipés dans le sac d'un bonhomme que j'avais re-péré. Y s'est débrouillé comme un chef. Personne nous a vus.

Pour monter dans le train, on s'est séparés. On a défait les paires. Je suis resté avec Fabien et Max. C'est nous qu'on avait les billets. J'ai pris Yann aussi parce qu'on commençait à faire une bonne équipe, tous les deux. Dans le comparti-ment, je l'ai mis là où ce qu'on met les bagages et y nous a fait un sacré numéro. Y nous a trouvé à manger pour tous. Des fois je le changeais de place. J'ai juste eu peur quand la fille noire est venue s'installer près de nous. Elle arrêtait pas de nous regarder et au bout d'un moment, ce qui devait arriver est arrivé : elle a vu le sac, la main de Yann qui dépassait, enfin elle a tout vu. Mais elle a rien dit. Elle a même rigolé, alors… J'avais jamais vu de Noirs en vrai avant. Eh ben si on me demande, à l'avenir, je dirai qu'y sont pas plus méchants que les autres.

VIII

Récit de Paul Doutreleau,
treize ans, frère de Yann

Dans le train, Victor s'est endormi illico. En face
de moi y'avait une Noire. Elle arrêtait pas de me
regarder, au début. Qu'est-ce qu'elle me voulait,
celle-là ? Je la connaissais pas, moi ! Quand le
contrôleur s'est approché, on a serré les fesses
que si y'avait eu des olives entre, on aurait fait de
l'huile avec. Rémy a répété tout bas dans sa barbe
la phrase qu'on avait prévue pour les billets :

    — On vous les a déjà montrés… on a changé
de place…

    Mais on savait pas si Rémy les avait déjà
montrés, justement. C'était un coup à pile ou
face, ce truc ! Eh ben si, ça a marché. Fabien a
même pas eu à dire sa phrase. C'est le contrôleur
qui l'a dite en premier :

— Vous avez changé de place ?

On a mis un bon moment pour s'en remettre. Jusqu'à ce que Fabien arrive dans notre compartiment. Et il nous apportait deux sandwiches ! Ils étaient drôlement bons. Avec de la baguette bien croustillante, du jambon blanc premier choix, une bonne couche de beurre et même des cornichons coupés en deux sur la longueur. Ça c'est du sandwich ! Jamais de ma vie je m'étais autant régalé. En plus, je savais que c'était Yann qui les avait chourés et ça leur donnait un petit goût en plus à cause de ça. J'ai mangé le mien tellement vite que je me suis mordu la joue à l'intérieur. J'en ai gardé un tiers pour Victor quand y se réveillerait. Et Rémy a fait pareil.

IX

Récit de Gérard Farmangeon, quarante-huit ans, commerçant

Le matin je bois mon café et c'est tout. Y a rien d'autre qui descend. Alors quand je dois passer la journée à Bordeaux comme l'autre jour, je m'emporte un casse-croûte et je le mange dans le train sur le coup de neuf heures. C'est mon petit plaisir, ça. Je me les mitonne, mes sandwiches au jambon. Je les prépare le jour même pour que le pain soit bien frais et je plains ni le beurre ni les cornichons. Donc ce matin-là je fais comme ça, je les fourre dans un sac en plastique et je dis à Josiane :

— Tu les mets dans mon sac, s'il te plaît ?

Elle répond :

— D'accord, je les mets dans ton sac.

Juste avant de partir, je lui repose la question, par sécurité, quoi :

— Tu les as mis dans mon sac ?

— Qu'est-ce que j'ai mis dans ton sac ?

— Les sandwiches au jambon ! Tu les as mis dans mon sac ?

Elle s'est presque énervée :

— Oui ! Je les ai mis dans ton sac ! File, tu vas rater le train.

Eh bien, vous voulez que je vous dise ? Ils y étaient pas, dans mon sac…

X

Récit de Fabien Doutreleau, quatorze ans,
frère de Yann

À la gare de Bordeaux, on a failli pas se retrouver avec tout ce monde. Heureusement que les autres ont eu la même idée que nous et qu'ils sont allés vers la sortie. C'est là qu'on s'est regroupés. Bordeaux, c'est pas au bord de l'Océan. Pas du tout. On croit ça quand on regarde la carte de loin, mais ça trompe. Il y a au moins cinquante kilomètres à vol d'oiseau. Pierre a dit :

— On s'en fout ! On n'a qu'à prendre un autre train !

Il est gonflé à bloc, Pierre. Comme il s'est bien débrouillé pour les billets et pour la nourriture, il a l'impression qu'il est devenu le chef et que rien lui résistera. On était tous assis par terre à réfléchir, mais, lui, il arpentait le pavé devant nous avec l'air de dire :

— Qu'est-ce que vous glandez, là ? J'y retourne et puis c'est tout !

Mon idée, c'était qu'on se ferait prendre si on recommençait. C'était déjà un miracle qu'on soit ici, alors il fallait pas tenter le diable. Je pensais à tout ce chemin parcouru depuis notre départ. Au camion qui nous avait emportés dans la nuit, à notre journée sur la route, à notre longue marche le long de la voie ferrée. Pas question de gâcher tout ça.

Et puis pour moi, il y avait un seul chef et c'était Yann.

Je me suis penché sur le sac et je lui ai parlé :

— Qu'est-ce qu'on fait maintenant ?

Il a hésité un peu :

— *Les petits sont fatigués ?*

— Ça va, ils ont dormi dans le train.

— *Ils ont mangé ?*

— Oui, ils ont mangé.

— *Tu pourras me porter encore avec Rémy ?*

— Bien sûr.

Alors il a souri et puis, avec un petit air désolé, il a fait trotter son index et son majeur contre la toile du sac. On marcherait, au moins pour sortir de Bordeaux.

Les moyens ont fait la gueule. Déjà qu'ils ont des têtes renfrognées quand tout va bien, là c'était le pompon. On s'est remis en route.

On a mis plus de deux heures pour arriver sur la départementale qui va vers l'Océan. Il faut dire qu'en ville la boussole de Yann se détraque un peu et qu'on a fait quelques zigzags.

Sans rien demander à personne, Paul a levé le pouce et il a eu un sacré coup de bol : une fourgonnette s'est arrêtée. Elle ressemblait à celle qui venait autrefois dans notre cour pour nous vendre de l'épicerie. Elle passait le jeudi, je me rappelle. Il y avait de tout dedans : du manche à balai au dentifrice, en passant par les tapettes à mouches et les fameuses « surprises ». C'était des cônes en papier de deux tailles : les grandes et les petites. Je sais toujours pas ce qu'il y avait dans ces « surprises », la mère en a jamais acheté, ni grandes ni petites.

— C'est des cochonneries ! elle disait.

La fourgonnette est venue klaxonner tous les jeudis pendant des années dans notre cour, et puis un beau jour on l'a plus vue. C'est normal, la mère prenait jamais rien, et l'épicier, tout ce qu'il gagnait à faire le détour, c'est que Corniaud vienne lui pisser sur les roues.

Un jour, même si je suis trop grand pour ça, même si je suis adulte, j'irai dans un magasin où il y en a et j'en achèterai une, de surprise. Et si on me demande : « C'est pour vos enfants ? », j'aurai pas honte, je dirai : « Non, c'est pas pour mes enfants, c'est pour moi ! » D'ailleurs j'en veux pas, d'enfants. Je préférerais être au calme un peu, plus tard. Je garderais juste Yann à la rigueur. Faut voir.

— Où vous allez ? le chauffeur a demandé.

Paul a répondu qu'on allait à l'Océan.

— Eh ben alors, montez derrière !

Il est descendu pour nous ouvrir la porte. Je savais pas qu'on pouvait être aussi gros. Il était obligé d'écarter les jambes pour que les cuisses se frottent pas trop.

XI

Récit d'Émile Ducroq, cinquante ans, épicier

Oui, c'est moi qui les ai conduits là-bas, les six frères Doutreleau. Le septième aussi sans doute, le petit, mais je l'ai pas vu. Ils le cachaient dans le fameux sac. Je les ai tous fourrés derrière en leur disant de toucher à rien. Mais ils avaient pas l'air bien méchant, ils se sont assis par terre au milieu des marchandises et ils ont plus bougé. Un des deux à la casquette est venu devant avec moi, mais il était pas causant.

— Comme ça, vous allez à l'Océan ?

— Oui.

— C'est où que vous habitez ? À Bordeaux ?

— Oui.

Comme je suis pas causant non plus, on en est restés là pendant un bon moment. Le temps de me rendre compte qu'il sentait pas la rose, le gamin. Mais je lui en ai pas voulu pour ça, moi aussi, j'ai une tendance à puer des pieds, alors on était un peu entre connaisseurs… Dans le vide-poches, j'ai une carte du coin. Il l'a prise et il l'a étudiée de près. Et puis d'un seul coup, il a pointé son doigt dessus :

— C'est là qu'on va !

Il montrait la route qui longe l'Océan, et son doigt était pile sur la maison de l'autre fou, là. Mais j'en savais rien, moi, que c'était un fou, ce type ! Je l'ai su que plus tard. Il y avait pas écrit « fou » sur la maison. Faudrait arrêter de m'emmerder maintenant avec cette histoire ! C'était un mercredi : je me suis dit, voilà des gosses qui veulent aller voir la plage, c'est pas une fugue, ça, c'est une balade, c'est tout. Je les ai déposés juste devant la maison, je peux pas dire le contraire. C'étaient des braves petits, pas des vandales. Comme ils avaient touché à rien derrière, je leur ai même dit :

— Vous aimez les bananes, les gars ? Et je leur en ai donné une à chacun.

Après, les flics m'ont reproché en plus que j'avais pas le droit de transporter des passagers dans mon fourgon. Je le sais bien que j'ai pas le droit ! Je veux plus qu'on me parle de tout ça. À

118

l'épicerie, quand les pipelettes essaient de me relancer, je tombe plus dans le panneau. Je les regarde dans les yeux et je leur dis tranquillement :

— Ça sera tout pour la dame ?

Ça leur ferme le caquet.

XII

Récit de Thierry Viard, vingt-huit ans, chômeur

Mon boulot, c'est de jeter un coup d'œil à la villa de M. Faivre, deux ou trois fois par semaine. Je vérifie que tout est bien « en ordre », comme il dit. C'est son expression favorite, d'ailleurs : il faut que les choses soient « en ordre ». À chaque fin de mois il me donne cent francs, ou cent cinquante, selon son humeur. C'est toujours ça de pris, ça me paye mes cigarettes, et puis j'y passe de toute façon, devant sa saleté de baraque, alors autant que ça me rapporte quelque chose. Tous les soirs je cours sur la plage, dix kilomètres, douze, ça dépend. J'enfile mon vieux survêt, je mets un bonnet si c'est l'hiver, et je galope. Comme je suis au chômage, j'essaie de m'y tenir, ça me nettoie la tête, ça me défoule, sinon j'ai trop la rage.

Il n'a pas la rage, lui, M. Faivre. Je ne l'ai jamais vu en colère. Ni même irrité. Il parle tellement bas qu'on en rate la moitié, ce qui vous oblige à faire silence, et ça doit lui plaire, ça, qu'on l'écoute en silence. Pour vous saluer, il vous tend une main molle, incroyablement douce, toute fragile, et il ne donne aucune pression avec les doigts. C'est si désagréable qu'on a envie de le secouer, de lui broyer les phalanges. Il fait penser à un poisson, M. Faivre, sauf que les poissons doivent bien éprouver des émotions de temps en temps. Et que les poissons ne font pas de politique.

« Je vous fais la plus absolue confiance, Thierry… » Pourquoi est-ce que cela me glace, quand il me dit ça ? Je devrais être flatté au contraire… La première fois, c'était au début de l'automne en me tendant les clés : « Je vous fais la plus absolue confiance, Thierry… » Et ses yeux serrés ont ajouté en silence : « Ne t'avise surtout pas de me décevoir, petit rien du tout que tu es… »

Une villa comme la sienne, il y en a des centaines ici. Les proprios sont des rupins qui les habitent deux mois de l'année, et qui, le reste du temps, ont la trouille qu'on les « visite ». Celle de

Faivre est plutôt sinistre, dans les gris, et quand tous les volets métalliques sont baissés, elle est aussi gaie qu'un corbillard. Ce qui lui donne un air de ressemblance avec son propriétaire… Il y vient l'été avec sa femme et ses filles. Elles sont une tripotée, ses filles, plus de cinq en tout cas. Toutes blondes et pétantes de santé. Il y a des jumelles dans le tas.

La route passe juste devant la maison. De l'autre côté, c'est la plage et l'Océan. Je n'y suis jamais entré. Je me contente de faire le tour, de constater que tout est « en ordre » et je reprends ma course.

J'ai repéré les gosses vers dix-huit heures. Facile. Au mois de novembre, il n'y a pas un chat ici, et six gosses alignés sur la plage, ça se remarque. J'ai pensé que c'étaient des manouches, à cause de leurs fringues et puis parce qu'il y a un campement pas loin. Ils étaient assis sur le sable et ils regardaient vers le large. Quand je suis arrivé à leur hauteur, ils se sont tous retournés.

— Salut ! j'ai lancé.

Ils ont tous répondu ensemble :

— Salut !

Quand je suis passé dans l'autre sens, une demi-heure plus tard, ils n'étaient plus là. L'Océan virait au noir, la nuit était proche. Par habitude, j'ai jeté un coup d'œil vers la villa. Une silhouette furtive disparaissait à l'angle. Tiens tiens… Au lieu d'y aller tout droit, j'ai fait un assez grand détour et je me suis caché derrière la villa voisine pour observer. Les six petits manouches de la plage étaient là et ils jouaient un drôle de jeu. Si on considère bien sûr que jeter un gosse sur le toit d'une maison est un jeu…

Car c'est ce qu'ils faisaient ! J'ai mis une bonne minute avant d'en croire mes yeux. Ce n'était pas un chat, ni un chien, c'était un gosse, un vrai ! Les deux plus grands l'ont pris par les jambes et par les bras, l'ont balancé trois ou quatre fois, puis ils l'ont lancé, comme on lancerait un sac de pommes de terre. Le petit est monté dans les airs et il a atterri tout au bord du toit. Il a essayé de s'agripper au chéneau mais il n'y est pas parvenu et il est tombé. Un des enfants a plongé et l'a recueilli dans ses bras, comme au rugby. Aucun ne riait. Ça m'a frappé. Ils se sont concertés un instant et ils ont fait une nouvelle tentative. Mais elle s'est déroulée exactement comme la première. Le gosse a glissé et il est retombé. Cette fois ils se sont querellés. Sans doute que le petit avait mal. Deux autres lanceurs s'y sont mis. Ils avaient des casquettes à oreilles, ceux-là. Ils ont propulsé le même avec une énergie incroyable. J'ai failli crier pour les empêcher, mais il était trop tard. Il est monté si haut qu'il a presque atteint le milieu du toit. Il s'y est immédiatement accroché comme un gros insecte. Puis il a rampé jusqu'à la cheminée. Et il y est entré. Il est entré par la cheminée…

Deux minutes se sont écoulées et la porte à bascule du garage s'est ouverte. Ils s'y sont tous engouffrés. La porte s'est refermée. Il n'y avait plus rien à voir. J'avais regardé, fasciné, sans rien faire. J'aurais dû intervenir depuis longtemps, bien sûr. Seulement il se trouve que je ne suis pas Zorro, moi. Et puis je ne suis pas payé cent francs par mois pour me faire trouer le ventre. Ces gars-là ont des couteaux, c'est connu. Mon boulot, c'est de prévenir Faivre si quelque chose n'est pas « en ordre ». C'est tout. Alors j'ai couru jusque chez moi et je l'ai appelé à son domicile de Bordeaux.

— Monsieur Faivre ?
— Lui-même.
— C'est Thierry à l'appareil. Je ne vous dérange pas ?

Je lui ai raconté exactement ce que j'avais vu. Il a écouté en silence. Le silence de Faivre, c'est quelque chose, croyez-moi. Il n'a posé qu'une seule question :

— Ce sont les manouches ?

Je n'étais pas sûr à cent pour cent, mais j'ai dit que oui, que c'étaient certainement les manouches. Alors il m'a répondu qu'il arrivait, que je devais seulement surveiller la villa, au cas où ils ressortiraient. Il ferait vite et me récompenserait pour ça. Il ne fallait pas alerter la police. J'ai mis deux anoraks l'un sur l'autre et je suis retourné à la villa. Rien n'avait bougé. J'ai attendu assis par terre, près de la route. Faivre est arrivé moins d'une demi-heure plus tard. Sans doute qu'il n'avait pas respecté toutes les limitations de vitesse. Il a arrêté la voiture très loin pour ne pas faire de bruit et il s'est avancé à pied vers moi :

— Ils sont encore dedans ?

— Je pense que oui…

— Aide-moi, s'il te plaît… Tu es bricoleur ?

Il y avait une sorte de jubilation dans sa voix. Il me tutoyait, tout à coup. Ça m'a fait peur. On a sorti de son coffre une torche, une perceuse électrique sans fil et une boîte à outils.

— Viens…

On a marché jusqu'au garage.

— Tu saurais fixer la porte au sol pour qu'on ne puisse plus l'ouvrir du tout ?

Je l'ai regardé, incrédule :

126

— Vous voulez…

— Tu saurais faire ?

J'ai secoué la tête pour dire que oui et je m'y suis mis. Pendant ce temps, Faivre est entré dans le garage quelques secondes et il en est ressorti avec une poignée de fusibles. J'ai fait un trou dans le béton, au sol, et j'y ai vissé un crochet assez fort. J'en ai fait un autre dans le bas de la porte métallique, j'y ai mis un crochet aussi. J'ai relié les deux avec du fil de fer. C'était du travail de salopard, mais c'était solide. Faivre a essayé de soulever la porte pour vérifier, ça tenait bon. Il m'a fait un clin d'œil et m'a tendu quatre billets de cinq cents francs :

— Tiens, pour la peine. Tu ne dis rien à personne, hein ? Je reviens dans une semaine et je te donnerai la même chose. D'ici là, ne t'occupe plus de rien. Je te fais la plus absolue confiance, Thierry. Je te dépose ?

J'ai dit que non, que j'habitais tout près.

Il est reparti. J'ai mis les billets dans ma poche et j'ai marché jusque chez moi. Au milieu de la nuit, je me suis réveillé. L'idée m'est venue que je ne faisais pas grand-chose de bien dans ma vie, mais que c'était normal après tout, que je ne méritais sans doute pas davantage. Et je me suis foutu à chialer.

XIII

Récit de Gilles Faivre,
cinquante-deux ans, industriel

On m'accuse de cruauté. Je crois rêver. Ces personnes sont entrées chez moi, or, voyez-vous, ça ne vous semblera peut-être qu'un point de détail, mais il se trouve que je ne les y avais pas conviées. D'autres que moi en auraient pris ombrage et se seraient fâchés. Moi non. J'ai tenu un raisonnement de bon sens, voyez-vous : ces jeunes gens désiraient entrer (ils le désiraient même très vivement puisqu'ils l'ont fait au prix de périlleuses acrobaties, comme vous ne l'ignorez pas). Parfait. Puisque tel était leur souhait, j'aurais eu mauvaise grâce à les contrarier, n'est-ce pas ? Je n'ai donc rien entrepris pour les faire sortir, bien au contraire, j'ai même veillé à ce qu'ils profitent longuement de leur séjour.

Tout de même, me dit-on, ils y sont restés trois jours, sans manger, il n'y avait pas de lumière et il y faisait froid. Soit, je vous l'accorde. Eh bien, en signe de repentance, je dispense ces personnes du paiement de tout loyer. C'est cadeau… Et on prétend que je manque de cœur !

Je pourrais comparaître devant un tribunal, me dit-on encore. Il faudra sans doute que je fasse amende honorable, peut-être même serai-je condamné. Après tout, ce ne sera que justice. Rendez-vous compte : des individus s'introduisent chez moi, dégradent le mobilier, souillent les tapis… C'est impardonnable, il faut que je sois puni, n'est-ce pas ? Quant à eux, ils restent bien sûr libres de recommencer à leur guise. Peut-être sont-ils d'ailleurs en train de le faire au moment où je vous parle. Chez vous, si ça se trouve, pourquoi pas ?

Il en va ainsi dans notre pays. Il est plus honorable de voler son prochain et de manger du hérisson comme ces gens-là que de gagner honnêtement sa vie. C'est ainsi. Mais cela changera peut-être plus tôt qu'on ne le pense. En tout cas nous y travaillons. Et nous sommes nombreux.

XIV

Récit de Rémy Doutreleau, quatorze ans, frère de Yann

Quand Yann a fait basculer la porte du garage, je me suis précipité sur lui et je l'ai pris dans mes bras :

— Bravo, Yann ! Bravo !

Il était noir de suie, écorché aux coudes et aux genoux. Il nous a mimé comment il était descendu dans le conduit de la cheminée, à la façon des alpinistes. On a vite refermé la porte et on est partis à la recherche du disjoncteur pour faire de la lumière. C'est Paul qui l'a trouvé.

Pour entrer dans le salon, on a enlevé nos chaussures. On n'osait pas parler. Le sol était couvert d'un immense tapis comme on en voit dans les catalogues de réclame. Au milieu, une table basse en verre et autour, des fauteuils en cuir où on aurait pu s'asseoir à trois. On s'est suivis en troupeau d'une pièce à l'autre. Il y avait au moins cinq chambres, toutes bien rangées et bien propres.

— C'est des chambres de filles, a dit Pierre.

Et il avait raison, ça se voyait aux petits objets alignés sur les étagères et aux photos de vedettes accrochées aux murs. Y'a que des filles pour faire ça. Un peu plus tard, dans le salon, on en a eu la preuve. Elles étaient toutes dans un cadre, les sept filles, avec leurs parents. Drôlement jolies, il fallait le reconnaître, toutes blondes et gracieuses, comme leur mère d'ailleurs. Le père aussi souriait de bon cœur sur la photo. Il avait l'air d'un brave type. On s'est dit qu'on abîmerait rien et qu'on laisserait même un mot d'excuses et de remerciements quand on repartirait le lendemain.

Dans la cuisine, le frigo était vide et entrouvert. Rien non plus dans les placards, sauf un paquet de biscottes qu'on s'est partagé aussitôt. Pour la nuit, on a pris des couvertures dans les lits des filles et on les a mises par terre sur le tapis du salon. Pas la peine de salir les chambres. On dormirait tous là et, en plus, on se tiendrait chaud.

— Y'a pas de télé ? a demandé Victor.

Non, il n'y en avait pas. Par contre, Paul a réussi à mettre la chaîne hi-fi en marche. On l'a engueulé, mais quand il a une idée en tête… La musique était tellement triste qu'on a fini par l'arrêter. Et pourtant elle me plaisait un peu quand même, c'était bizarre. J'ai regardé sur le boîtier du CD. Ça s'appelait « Suites pour violoncelle », et le musicien, c'était Bach. Il y a des gens qui écoutent de drôles de trucs.

— Et si on ouvrait les volets, a demandé Max, peut-être qu'on verrait l'Océan d'ici ?

La lumière s'est éteinte à ce moment-là, et dans les secondes qui ont suivi, on a entendu le bruit de la perceuse électrique.

XV

Récit de Pierre

Si encore on aurait une montre ! On saurait si c'est le jour ou la nuit ! Dans le noir, c'est tout pareil. Les petits arrêtent pas de tousser. On a beau leur mettre dessus toutes les couvertures de la maison, y toussent encore. Avec Paul, de temps en temps, on va au garage, on fout des grands coups de pied contre la porte et on jure tout ce qu'on peut. Ça sert à rien mais ça soulage.

À force de rien voir, on est devenus comme les aveugles : on tâte avec les mains.

Récit de Paul

Le plus dur à penser, c'est qu'il y a l'Océan juste devant, là, à deux cents mètres, et qu'on peut pas regarder ! On est comme des sardines dans leur boîte. Impossible d'ouvrir les volets à cause qu'il y a plus l'électricité, et impossible d'ouvrir la porte du garage. Et pourtant on y a cogné dessus avec Pierre ! Je m'en suis bousillé le gros orteil du pied gauche.

Au bord de l'Océan, c'était le plus beau moment de ma vie. On est restés assis à regarder. À mesure que la nuit tombait, l'eau prenait une couleur comme de l'acier. On se sentait tout petits, mais ça nous protégeait aussi. Et puis ça faisait beaucoup de bruit, *vraoutch*. Je sais pas décrire, moi…

Y avait personne. Juste un type avec un bonnet enfoncé sur la tête qui est passé dans notre dos en courant. Y nous a dit salut ! et on a répondu pareil.

Moi, je m'en fais pas, je sais qu'on sortira d'ici. Je sais pas comment, mais on sortira.

Récit de Rémy

Au milieu d'une nuit, est-ce que c'était la nuit, d'ailleurs ? Victor a dit dans un grand silence, et d'une toute petite voix :

— C'est notre anniversaire…

C'était vrai. Max et lui avaient douze ans ces jours-ci. Alors nous, les quatre grands, on se les est passés les uns aux autres et on les a embrassés. On a commencé à chanter la chanson, mais on était trop tristes et on n'est pas allés jusqu'au bout.

On a tous très soif. C'est le pire.

Récit de Max

Victor et moi, on reste presque tout le temps dans les couvertures, parce qu'on a pris froid. Pour passer le temps, au début, on jouait aux devinettes avec les animaux. Maintenant on n'y joue plus. On voudrait rentrer à la maison. En toussant très fort, Victor a vomi sur le tapis et il a pleuré. « On va me gronder… on va me gronder… » Fabien a dit que c'était pas grave, qu'il fallait pas pleurer pour ça.

Récit de Victor

Max et moi, on a de la fièvre et il faut qu'on reste sous les couvertures. J'ai vomi sur le tapis, mais c'est pas grave, je vais pas pleurer pour ça. Je fais des rêves bizarres. On marche sur la voie ferrée et c'est le père qui nous conduit : Allez ! il nous dit, on va à l'Océan ! Vous connaissez la route ! Et il rigole… J'aime pas ce rêve.

Récit de Rémy

Paul a trouvé un briquet dans un tiroir. Mais la flamme est toute petite et on se brûle vite les doigts. Avec, on a regardé la photo des sept filles et de leurs parents. Ils gardent le sourire, eux… De rage, j'ai jeté le cadre de toutes mes forces et je crois que j'ai cassé une lampe.

Récit de Pierre

Ça m'est venu d'un coup : si on peut pas se chauffer avec les radiateurs, y reste la cheminée ! On n'a qu'à faire du feu ! J'ai dit mon idée à Paul et il a été d'accord tout de suite. Pour le bois, on avait que l'embarras du choix avec tous les meubles. On est allés dans une des chambres et on a dépiauté un lit. Pas facile quand on n'y voit rien. On n'a pas réussi à casser les planches mais on n'aurait qu'à les avancer petit à petit dans le feu… Comme y avait pas de journaux pour allumer, on a déchiré des pages au hasard dans un grand livre. Notre feu a jamais pris. Par contre, ça puait drôlement et pas moyen d'ouvrir pour aérer…

Récit de Fabien

Je savais plus si on était là depuis deux jours ou depuis une semaine. Tout se confondait. Il y a un moment où plus personne bougeait, je me rappelle, et pour la première fois j'ai pensé qu'on allait peut-être mourir ici tous ensemble. Est-ce que ça ferait mal ou bien est-ce qu'on s'endormirait tranquillement ? Qui partirait le premier ? Et qui le dernier ? Je me posais ces terribles questions quand Yann est venu me gratter le bras.

— Qu'est-ce qu'il y a ? j'ai demandé.

Il a pris mes deux mains et il a mis dedans ce qu'on cherchait depuis le début, depuis la toute première heure. On s'y était tous mis. On avait fouillé en vain toutes les pièces, les moindres recoins. Jusque sous l'évier de la cuisine, et j'avais fini par dire :

— Arrêtez, c'est pas la peine, il y en a pas et c'est tout.

Un téléphone !

J'ai pris le petit briquet, je l'ai allumé tout près de son visage et je lui ai demandé tout bas :

— Où as-tu trouvé ça ?

— *Dans un carton, sur l'armoire, dans la chambre des parents…*

— On est sauvés, alors ?

— *Oui, vous êtes sauvés…*

Le briquet s'est éteint. J'ai réussi à le rallumer une dernière fois. Le visage souriant de Yann a dansé un instant dans la lueur de la flamme puis a disparu dans le noir. C'est la dernière fois que je l'ai vu. Mais je le savais pas. Depuis, quand je pense à lui, c'est cette image que je vois : un visage souriant qui danse dans une flamme et qui me dit : « *Vous êtes sauvés.* »

Il restait encore à trouver la prise et j'aurais jamais cru que ce soit aussi difficile. Au début on a cherché avec frénésie, tous à quatre pattes, même les petits. Et puis, les heures passant, on s'est découragés les uns après les autres. Sauf Paul, qui a dit :

— Elle est derrière un meuble !

Alors on a déplacé tous les meubles qui se trouvaient contre les murs. On suait, on soufflait. On sentait mauvais. On se bousculait dans le noir. On était comme des animaux. Finalement, il n'est plus resté qu'un énorme coffre dans l'entrée. On a rassemblé nos dernières forces et on l'a poussé. Paul a suivi la plinthe avec ses doigts.

— Je l'ai… il a dit tout doucement, la prise…
je l'ai…

Il avait même plus le courage de crier.

Rémy est parti chercher le téléphone dans le
salon et on a réussi à le brancher. On a tous retenu
notre souffle. Dans le silence, la tonalité était toute
fragile, toute menue, mais c'est comme si les dix
fenêtres de la maison s'étaient ouvertes à la fois,
comme si l'Océan s'y était engouffré !

— Qui on appelle ? a demandé Pierre une
fois qu'on a eu retrouvé notre calme.

Et la question méritait d'être posée. La
police ? Ils nous ramèneraient chez nous… Un
numéro au hasard ? Qu'est-ce qu'on dirait ? On
saurait même pas dire où on était… Une maison
au bord de l'Océan… Elles se ressemblent
toutes… Et puis comment composer un numéro
sur un cadran quand on n'y voit rien du tout ?

Le silence est retombé. Et dans ce silence
on a entendu soudain le *tip… tip… tip…* des
touches du téléphone. J'ai tendu le bras et cherché
à tâtons. Ma main a trouvé celle de Yann. C'est
lui qui composait un numéro, dans le noir le plus
total… Au dixième *tip*, il a serré très fort mon poi-
gnet et il a mis l'écouteur dans ma main. Je l'ai
porté à mon oreille.

Au bout du fil, la sonnerie a retenti deux fois
seulement et j'ai entendu la voix de notre mère :

— Allô ? Qui c'est ?

— C'est nous, j'ai dit en pleurant, c'est nous…

Tous les autres pleuraient aussi, sauf Pierre qui a crié « vos gueules ! » parce qu'il voulait entendre.

— C'est où que vous êtes, mes petits ? elle a dit, et je l'avais jamais entendue nous appeler comme ça, ses petits…

— On est enfermés dans une maison, au bord de l'Océan…

— Ta gueule ! elle a crié, mais c'était pas pour moi, c'était pour Corniaud qui jappait à côté d'elle.

Du coup on a tous éclaté de rire :

— Vous entendez ? C'est Corniaud ! C'est Corniaud !

Après, c'est notre père qui nous a parlé. Paul lui a répété qu'on était enfermés et puis il a expliqué la route qu'on avait prise avec le gros épicier, comment était la maison, et tout ça. Le père a dit qu'il appelait les gendarmes et qu'ils seraient là avant le jour, qu'on s'inquiète pas. Lui aussi a dit « mes enfants » et ça faisait drôle…

Avant le jour ? On était la nuit alors ?

On a raccroché le téléphone et on est retournés se coucher sous les couvertures, dans le salon, parce qu'il faisait rudement froid. On s'est serrés les uns contre les autres et je crois bien qu'on s'est tous endormis.

XVI

Récit de Xavier Chapuis, quarante-deux ans, adjudant-chef de gendarmerie

L'affaire Doutreleau ? Je vais vous faire un aveu : j'avais mis une croix dessus. Quand un gosse disparaît et qu'on ne le retrouve pas dans les quarante-huit heures, je n'aime pas ça du tout. Et plus le temps passe, plus les chances diminuent. Les jours succèdent aux jours, les semaines aux semaines, on finit par oublier ou presque, jusqu'à ce qu'un beau matin un ramasseur de champignons découvre un corps dans un bois. Là, ça faisait cinq jours pleins, alors... Et autant de nuits. Bien sûr qu'on a cherché. Les collègues de là-bas ont fait travailler les chiens pour commencer, mais c'était perdu d'avance à cause de la pluie qui avait effacé toutes les traces. Ensuite ils ont survolé les environs en hélicoptère, sans résultat. Et pourtant, nom d'une pipe, sept gosses en vadrouille, ça ne devait pas passer inaperçu ! Ils ont même pris le train, on l'a su plus tard !

C'est moi qui ai reçu l'appel radio, dans la nuit du samedi au dimanche. Le père Doutreleau avait eu ses enfants au téléphone : ils étaient dans « une maison au bord de l'Océan », tout près d'ici. Il avait décrit la route, je voyais à peu près. Et surtout il avait indiqué que c'était un « gros épicier » qui les avait déposés là. Quand vous dites « gros épicier », ici, les gens vous répondent en chœur : Ducroq ! Alors on est partis à quatre, on est allés réveiller Ducroq et il nous a conduits tout droit à la maison. L'ennui, c'est que la maison en question, je savais très bien à qui elle appartenait. Elle est à Faivre, ça vous dit quelque chose ? On a essayé de le joindre à son domicile, mais ça ne répondait pas. Alors, Faivre ou pas Faivre, on est entrés par la porte du garage qui était curieusement fixée de l'extérieur avec du fil de fer.

Vous connaissez le tableau du « Radeau de la Méduse » ? Eh bien, c'est ce qu'on avait dans le faisceau de nos torches. Les gosses étaient dans un état de grande torpeur. Complètement hébétés. Et très affaiblis surtout. Ça sentait très mauvais dans la pièce, le vomi et l'urine aussi. Et il y faisait un froid de canard. Ils étaient tous couchés par terre, empêtrés dans des couvertures, sales, amaigris. La lumière les aveuglait. On a détourné nos torches.

— Ça va aller, les gars…

Un des gosses, le plus grand, a demandé :

— Vous avez à boire ?

Il avait les lèvres gonflées. Je suis allé à la cuisine, mais le robinet était sec. On a aussitôt appelé les ambulances en recommandant d'apporter de l'eau.

Je ne sais pas comment on a pu laisser s'échapper le petit. On a manqué de vigilance, bien sûr. Il a dû se glisser par la porte ouverte du garage. Quand on s'est rendu compte, c'était déjà trop tard. On a fouillé les environs pendant tout le reste de la nuit et pendant toute la journée du lendemain, mètre par mètre. En vain. C'est resté pour moi le plus grand des mystères. S'il avait marché vers la plage et qu'il se soit noyé, l'Océan aurait rendu son corps. Et s'il était resté à terre, je vous jure qu'on l'aurait retrouvé. Je ne sais pas ce qu'il est devenu. C'est tout ce que je trouve à dire quand on me demande, aujourd'hui : je ne sais pas.

Ce que je sais en revanche, c'est le cirque auquel on a eu droit quand ses frères ont dû monter dans les ambulances et partir sans lui. Les deux grands, ça allait. Ils ont été raisonnables. Je leur ai simplement dit :

— On le retrouvera, faites-vous aucun souci.

Ils m'ont fait confiance. Les deux petits, eux, ne se rendaient plus compte de rien. Ils avaient une très forte fièvre d'après le toubib. On les a déposés inertes sur la couchette.

Ce sont les deux du milieu qui se sont révoltés. Les pauvres gosses ne voulaient rien entendre. Leurs jambes les tenaient à peine, mais ils se sont sauvés sur la plage. Il a fallu les rattraper, les ceinturer. Ils braillaient : « Yann ! Yann ! » et nous bourraient de coups de poing. Quand leur ambulance a démarré, l'un des deux, celui qui m'avait retourné le pouce, tambourinait encore sur la portière arrière en pleurant :

— Y sait pas nager ! Y sait pas nager !

XVII

Récit de Yann Doutreleau, dix ans

Je m'appelle Yann Doutreleau. J'ai dix ans.

Une nuit de novembre, par grande pluie, j'ai entraîné mes six frères et nous avons quitté la ferme de nos parents. Nous sommes allés vers l'ouest. Mes frères ont été repris cinq jours plus tard, à Bordeaux, qui se trouve au bord de l'Océan. Moi non.

Cette nuit-là, je ne l'avais pas choisie…

Je ne dormais pas. J'étais blotti contre Fabien, je sentais sa respiration tiède et régulière contre ma joue. Malgré la pluie qui battait, j'ai entendu des éclats de voix en bas. D'ordinaire, les parents dormaient, la nuit. Ils ne s'engueulaient que le jour. Alors je suis descendu pour écouter. J'ai fait craquer le lit un peu. Fabien m'a demandé où j'allais. Je le lui ai dit.

L'oreille collée à la porte de la chambre de nos parents, je n'ai rien appris de nouveau. Qu'ils n'avaient plus d'argent. Qu'elle voulait demander de l'aide. Que tout le monde le faisait. Qu'il ne voulait pas, lui. Qu'il préférait crever. Et nous crever avec.

La pluie a redoublé. Ils se sont tus. Et puis, au bout d'un long silence, elle a demandé :

— Et les chats ?

J'ai tressailli. Je pensais qu'ils ne savaient pas. Ces sept petits chats de la minette étaient nés la veille. Et j'étais là, moi, quand ils étaient sortis du ventre de leur mère. Je l'avais vue, la minette, se coucher au fond du placard, miauler trois fois de douleur et pousser. Et griffer la paille. Ils étaient nés sous mes yeux, les sept. Elle les avait léchés longuement, elle les avait séchés. Elle avait travaillé jusqu'à ce que tout soit propre, sec et chaud, et puis elle s'était couchée sur eux en miaulant une dernière fois. Et je lui avais dit :

— *Bravo, minette.*

Et maintenant la mère demandait :

— Et les chats ?

Et le père répondait :

— Je les tuerai tous les sept demain matin.

Alors la rage m'est venue au cœur. Elle s'est coulée dans mon corps tout entier, dans mes mains, mes épaules. Je n'étais plus que cela : un

148

bloc de rage. Je suis remonté, j'ai tiré Fabien par la manche de son pull-over :

— *Il faut partir, Fabien ! Vite ! Tous ! Avant le matin !*

Et comme il voulait en savoir plus, je lui ai dit que les parents voulaient nous… faire du mal.

On a réveillé nos frères, on s'est habillés le plus chaudement possible et on est partis dans la nuit. En quelques secondes on était trempés, glacés… et perdus.

Je marchais devant. Fabien et Rémy me suivaient de près. Nos autres frères venaient derrière, se tenant par la main. Les deux petits pleurnichaient.

Quand les gendarmes ont ouvert la porte du garage, je me suis glissé dehors et j'ai attendu que les ambulances arrivent. Je me suis caché dans la première, sous le siège passager, et je n'ai plus bougé. Un peu plus tard, tandis qu'elle roulait vers Bordeaux, j'ai vu la main de Rémy qui pendait de la couchette. J'ai tendu le bras et je l'ai grattée de l'ongle. Il a rampé un peu pour me voir. Ses yeux se sont écarquillés. J'ai à peine eu le temps de porter l'index à mes lèvres pour le faire taire.

— *Rémy, écoute-moi. Je dois te dire quelque chose de grave. Les parents ne voulaient pas nous tuer. Ils voulaient seulement tuer les chats. Et moi je ne voulais pas. Tu comprends ? Tu le diras aux autres, hein ?*

Il a fait signe que oui. On s'est tenu la main jusqu'à Bordeaux. Je l'ai seulement lâchée quand l'ambulance s'est arrêtée à l'hôpital.

— *Tu le diras aux autres, hein ?*

J'ai attendu que tout le monde soit parti pour sortir de ma cachette. J'ai suivi des couloirs vides, j'ai poussé des portes. Je suis arrivé dans la rue. La ville de Bordeaux était déserte et froide. J'ai jeté sur mes épaules une couverture que j'avais prise dans l'ambulance, une couverture marron qui m'a servi de cape.

XVIII

Récit de Jean Martinière, soixante ans, officier pont

Un petit enfant assis en tailleur sur le pont. Avec une couverture marron sur les épaules. On avait quitté au matin le port autonome de Bordeaux avec du grain dans la cale. Parce que je transporte des marchandises, dans mon cargo, et pas des passagers.

— Qu'est-ce que tu fais là, toi ? je lui ai demandé.

Mais il s'est pas démonté, l'enfant. Il m'a regardé par-dessus son épaule et m'a fait le plus joli sourire qu'on puisse imaginer. Le genre de sourire qui vous coupe la colère, je vous assure. Moi qui suis grand-père, un gosse comme ça, il me prend par le bout du nez et il m'emmène où il veut.

— T'as perdu ta langue ? Où tu comptes aller comme ça ? Où étais-tu caché ?

Pas de réponse. Et toujours ce sourire. C'était très étrange. L'idée m'est venue que cet enfant n'était pas réel, qu'il sortait tout droit d'un conte. Que j'avais le droit d'y entrer pour un instant. Qu'il voulait bien m'y accepter. À condition bien sûr que je cesse de poser des questions idiotes.

Je me suis assis à côté de lui, avec mille précautions, de peur de briser l'enchantement. Il faisait incroyablement doux pour une matinée de mi-novembre. Au-dessus de nos têtes, le ciel était immense. Le bateau filait à bonne allure.

Plein ouest.

Si tu as aimé ce roman
de Jean-Claude Mourlevat,
tourne vite la page
et découvre un extrait de

La balafre

CHAPITRE PREMIER

Nous avons quitté pour cause de déménagement notre ville de S… le 21 août 1991, l'année de mes treize ans.

Il était cinq heures du matin et on venait de passer la nuit à entasser dans un Master de location une partie de nos meubles ainsi qu'une montagne de cartons.

— Tu dormiras demain dans le camion, avait dit mon père en me voyant bâiller au milieu de la nuit, puis un peu plus tard, pris de pitié : Allez, va te reposer un peu, je finirai tout seul.

Je m'étais effondré tout habillé sur mon lit et à quatre heures et demie il était venu me secouer. Il avait bu un café et moi un chocolat, sans faire de bruit (maman qui dormait encore nous rejoindrait l'après-midi en voiture) et on avait sauté dans le camion.

En même temps qu'il faisait tourner la clef de contact il avait dit :

— Ne fais pas cette tête. Dans dix mois on sera de retour. La maison ne va pas s'envoler.

Je ne sais pas quelle tête je faisais pour qu'il me dise ça. Sans doute celle de quelqu'un qu'on tire du lit à quatre heures du matin et qu'on emporte à six cents kilomètres de là, dans un trou perdu, avec la perspective d'y rester presque une année entière.

Mon père était gai comme un pinson. Tout ça l'amusait apparemment beaucoup. Il a mis la radio. Je me souviens même que c'était Joe Dassin, *L'Amérique*… Il s'est mis à chantonner. Occupé que j'étais à me rouler dans une couverture, je n'ai même pas jeté un dernier coup d'œil à la maison. Le camion a tourné au bout de la rue. On était bel et bien parti.

Comme nous roulions dans les faubourgs déserts avant de nous engager sur la nationale, il me semblait que je laissais derrière moi le monde de la réalité, que les choses s'étaient mises à flotter, que… ça n'était plus la vraie vie. Je me suis dit que ça allait passer mais cette sensation est restée tenace. En réalité, elle ne m'a lâché que dix mois plus tard, jour pour jour, le 21 juin de l'année de mes quatorze ans, quand ce même camion nous a déposés ici, nous et nos meubles, devant notre maison, pratiquement à la même heure. Il ne manquait que Joe Dassin, et encore, je n'en suis pas sûr.

L'année qui s'est écoulée entre ces deux nuits d'été m'a toujours semblé irréelle. Aujourd'hui encore je m'en souviens comme d'un rêve. D'un rêve éveillé. Comme si je m'étais regardé la vivre.

Mon père avait été muté.

Muté, mutation... Le mot de l'année. Il devait participer aux derniers travaux pour la mise en marche d'une centrale électrique à P..., dans le département de la Marne. Un contrat de dix mois, donc. Promotion... occasion à ne pas rater... sacrifice provisoire... avantages financiers... Comment aurais-je pu juger tout ça ? J'ai fait confiance à mon père. Sans doute qu'il avait eu raison d'accepter. Et aujourd'hui, six ans plus tard, maintenant qu'on sait tout ce que cela nous a coûté, tout ce que cela m'a coûté à moi surtout, je n'arrive pas à lui en vouloir.

Je n'ai rien contre les mutations. Seulement celle-ci était un peu restrictive à mon goût. J'aurais trouvé beaucoup mieux qu'on mute aussi la dizaine de copains du collège avec qui je partageais tout depuis l'école maternelle. J'aurais apprécié qu'on inclue dans la mutation mon équipe de basket, y compris l'entraîneur et les remplaçants. Ça m'aurait fait plaisir qu'on mute par la même occasion le pont sur la Loire que j'aimais regarder le matin en ouvrant les volets, la rangée d'arbres qu'on voyait de la cuisine et derrière laquelle la lune se cachait quelquefois le soir. Pour finir, et surtout s'il était resté une petite place dans la mutation, j'aurais aimé qu'on y laisse se glisser Caroline au cas où elle aurait voulu me suivre... La veille de notre départ, j'étais resté avec elle une partie de l'après-midi et en se quittant on s'était embrassés. Je veux dire embrassés sur la bouche. J'aime bien mon père mais je me voyais assez mal arrêter la radio au milieu de la chanson de Joe Dassin et lui expliquer :

« Excuse-moi, papa, mais hier j'ai embrassé Caroline sur la bouche. Et j'ai bien l'intention de recommencer demain. Et après-demain aussi. Ainsi que tous les jours qui suivent. Alors, comme c'est difficile d'embrasser quelqu'un à six cents kilomètres de distance, je pense que je vais rester ici. Est-ce que tu veux bien stopper le camion et me laisser descendre ?... »

Bref, j'aurais bien aimé qu'on mute avec nous l'ensemble du département de la Loire et les gens qui allaient avec. Mais bon, il paraît que ce n'était pas possible. Ça se limitait exclusivement et définitivement à la famille et aux meubles. On reviendrait dans un an. Promis juré. C'était une parenthèse. Alors on est partis comme ça. Je n'ai même pas pleuré.

Ah oui, il y a une grande différence pour moi entre avant et après cette année-là. On ne risque pas de la manquer, cette différence, elle saute aux yeux : j'ai une jolie cicatrice rose d'environ un demi-centimètre de large qui prend naissance sous mon œil droit, passe sous le nez, traverse la bouche juste au milieu et va se perdre sous le menton.

On peut le dire comme ça.

On peut dire aussi que j'ai une vilaine balafre très mal placée, que je la garderai toute ma vie et qu'il faudra bien que je fasse avec.

Cet ouvrage a été composé par
Fr&co - 61290 Longny-au-Perche

Imprimé en Allemagne
par GGP Media GmbH Pößneck
S29396/01

www.pocketjeunesse.fr